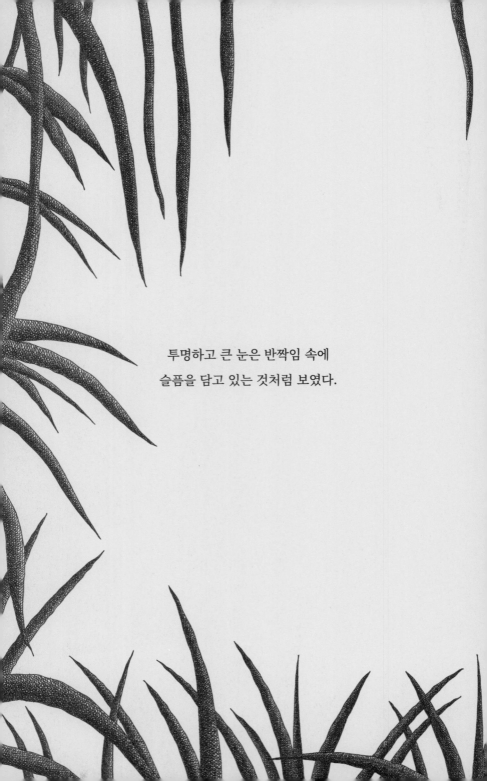

투명하고 큰 눈은 반짝임 속에
슬픔을 담고 있는 것처럼 보였다.

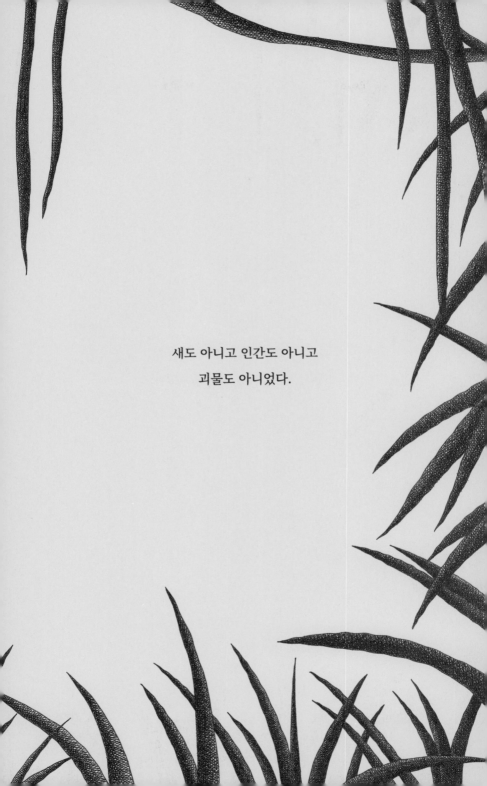

새도 아니고 인간도 아니고
괴물도 아니었다.

아직도 그렇게 존재의 본질을
드러내지 못하는 이름을 쓰는군.

대장장이 왕 2

허교범 소설

에이어리가 깨달음을 얻어
디하우트의 유산에 접근한다

위즈덤하우스

I

대장장이 왕을 좇는 가르젠과 오카브의 길이 나뉘고
오카브가 과거의 유령에 다시 사로잡힌다

도망간 대장장이 왕을 찾기 위해 길을 나선 오카브는 치렁치렁한 옷과 그에 맞는 태도를 벗어던졌다. 대신 여행자처럼 엉덩이를 살짝 덮는 짧은 상의와 다리에 붙는 바지를 입었다. 그 위에 굵은 허리띠를 두르고 걸음을 도울 지팡이를 들었다. 머리에 얹은 끝이 뾰족한 모자는 제국뿐 아니라 어디서나 평민들이 애용하는 물건이었다.

　- 이제는 대장장이 신의 권능이 없으니 조심하십시오. 사방에 적들이 있습니다.

　그와 동행하는 가르젠은 사제장이 된 이후로 입에 달고 사는 잔소리를 멈추지 않았다. 오카브에게는 새들의 지저귐과 다를 것이 없었다.

　그는 무려 9년 만에 대장장이 신전 밖의 흙을 밟아 보았다. 흙은 신전 안과 크게 다르지 않았고 날씨도 마찬가지였다. 지난 세월 동안 바깥세상은 변한 것이 없었다.

오카브는 바다를 떠돌던 뱃사람이 흙을 다시 밟는 것처럼 회한에 잠겼다. 흙 알갱이가 압력을 받아 뭉그러지는 것이 발바닥에 느껴졌다. 그 느낌은 겨울날 아무도 밟지 않은 눈을 밟는 것과 비슷했다.

가르젠과 오카브는 목적지를 정하지 못하고 출발했다. 에이어리는 스승을 위해 젤레즈니 여왕을 만나 편지를 받아 오겠다고 했다. 오카브는 젤레즈니 왕국으로 가는 길을 떠올릴 때마다 가슴이 뛰었다.

그러나 에이어리가 곧바로 젤레즈니로 향했을지는 알 수 없었다. 에이어리는 항상 제국에 관심이 많았다. 8년 동안 스승이었던 사람은 에이어리에 대해 속속들이 알고 있었다. 에이어리는 어쩌면 제국에 먼저 갔다가 젤레즈니 왕국으로 북상할 계획을 세웠을 것이다.

대장장이 신전에서 제국으로 가려면 어차피 다리 하나를 건너야 했다. 그중 지름길을 고른다면 당연히 올가 다리로 가야 했다. 그곳은 에이어리가 어렸을 적 젤레즈니 여왕을 처음 만났던 곳이니 먼저 방문해도 이상할 것이 없었다.

둘은 늦은 아침에 출발해서 시장함을 느낄 때까지 발을 쉬지 않았다. 이렇게 오래 걷는 것은 오랜만이라 오카브는 발바닥이 타는 듯이 아파 왔다. 가르젠은 그럴 때마다 걸음을 늦춰 주었다.

식사 시간이 되어 적당한 바위를 찾아 앉은 둘은 말린 고기를 씹으며 쉬었다. 날은 화창했고 아직 주위에 인간의 흔적이 별로 없었다. 조금 더 걸어야 본격적으로 마을이 뿌려졌다.

여전히 정해지지 않은 길에 대해 생각하면서 오카브는 침이 고이고 이가 아프도록 고기를 씹었다. 사실 에이어리는 안전하다. 에이어리의 스승은 누구보다 그 사실을 잘 알고 있었다.

그는 대장장이 왕이라 원하면 무엇이든 만들어 사용할 수 있다. 감옥에 갇힌다면 열쇠가 없어도 만들어서 문을 열고 나올 것이다. 손목에 찬 무기는 오카브가 만들어 준 것으로 몇 사람 정도는 쉽게 해치울 수 있다. 시간만 충분하다면 스승이 그랬던 것처럼 군대도 혼자 상대할 수 있다.

그리고 데스커드가 있지 않은가. 겉보기에는 멍청한 젊은이지만 가르젠과 탈와르가 공들여 키워 낸 전사였다. 오히려 멍청한 얼굴이 상대를 방심하게 만들기에 좋았다. 그 멍청한 표정을 바꾸지 않고 온갖 기술로 상대를 제압할 수 있었다.

갈림길에서 오카브가 먼저 가르젠에게 제안했다.

–둘이 함께 간다면 에이어리와 길이 크게 엇갈릴 수 있습니다. 여기서 나뉘는 게 좋겠습니다.

－그렇다면 제가 제국으로 가겠습니다. 적이 많은 제국으로 가시는 것은 아주 위험하니까요.

가르젠은 그렇게 오카브의 고민을 잘라 버렸다. 오카브는 양심의 가책 없이 젤레즈니 왕국으로 갈 수 있는 명분을 얻었다. 둘은 손을 들어 작별하고 각자의 길로 출발했다.

오카브가 다리를 더 움직이는 것은 무리라고 생각했을 때 마침 어둠이 닥쳤다. 오카브는 몸소 불을 피운 다음 불꽃을 보며 잠이 오기를 기다렸다. 불 없이 잠자리에 들어도 얼어 죽을 날씨는 아니었으나 동물이나 괴물을 쫓으려면 필요했다. 카니세리움을 만날 일이야 없겠지만 카니악 정도는 어디에나 흔했다.

작고 영리한 괴물로 분류되는 카니악들은 떼로 몰려다녔다. 먹을 만한 생물을 발견하면 가리지 않고 목에 송곳니를 꽂아 넣는 것들이었다.

불을 피우고 나서 오카브가 미처 예상하지 못한 것이 하나 있었다. 불은 동물이나 괴물을 쫓아내는 동시에 사람을 끌어들이는 역할을 했다. 오카브가 피운 불을 보고 사람이 찾아온 것은 그가 잠들기 직전이었다.

－안녕하십니까? 불을 같이 쬐도 되겠습니까?

그렇게 묻는 남자는 농사꾼처럼 보이지 않았다. 동물의 가

죽으로 만든 외투도 그렇고 두툼한 장화도 쉽게 구할 수 있는 물건이 아니었다. 수염이 없는 말끔한 얼굴은 에이어리보다 몇 살 많아 보였지만 앳된 기운이 가시지 않은 모습이었다.

오카브는 그에게 반대편에 앉으라고 손짓했다. 그는 몸을 충분히 녹인 다음 오카브에게 말을 걸었다.

─그러고 보니 제 소개를 안 했군요. 제 이름은 다사입니다.

오카브는 종일 걸은 탓에 피곤해 정신이 없는 상황이었다. 그러나 자기 이름을 밝혀서는 안 된다는 사실은 기억하고 있었다. 오카브는 너무 특이하고 유명한 이름이었다.

─난 너무 피곤해서 이름이 기억나지 않으니 먼저 자겠습니다.

오카브는 상대의 얼굴에서 피어오르는 의문을 읽지도 않고 자리에 누웠다. 잠은 그를 쉽게 땅바닥으로 끌어 내렸다. 그리고 곧바로 덩굴 같은 졸음에 감겨 꽁꽁 묶여 버렸다.

그는 밤새 끙끙거리며 앓는 소리를 냈다. 특별한 꿈은 꾸지 않았다. 그러나 몸이 줄에 묶여 움직일 수 없는 것처럼 답답했다. 잠결에 몇 번 몸을 뒤척이려 했는데 마음대로 움직여지지 않았다.

오카브는 몸이 너무 피곤해서 정신과 분리된 모양이라고 생각했다. 그러다가 햇살을 받고 마지못해 눈을 떴을 때 드디어 몸이 묶인 것을 확인했다.

- 이게 뭐야?

- 일어나셨습니까?

어젯밤 불을 쬐러 찾아왔던 손님이 그를 내려다보고 있었다. 그의 머리 뒤로 보이는 것은 하늘이 아니라 바위였다. 오카브는 고개를 돌려 주위를 확인했다. 그는 작은 동굴 입구에 누워 있었다.

- 왜 나를 묶었습니까?

- 묶지 않으면 도망치실 테니까요.

- 내가 왜 도망을 갑니까? 장난이라면 이만 풀어 주시오.

그는 자기 직전에 들었던 상대의 이름이 기억나지 않았다.

- 그럴 수는 없습니다.

오카브는 문득 상대의 얼굴을 똑바로 보았다. 그를 몇 번 본 기억이 났다. 그는 대장장이 신전을 위해 봉사하는 마을 사람이었다. 지난 9년 동안 세상과 단절되어 살던 오카브가 그를 알아본 것도 그 때문이었다.

- 그대는 대장장이 마을 사람인데?

- 맞습니다. 거기에서 7년 정도 살았습니다.

상대의 목소리가 평온해서 오카브는 피부에 소름이 돋았다. 그는 오카브를 묶어 놓고도 조금도 서두르거나 긴장하는 기색이 없었다. 그런 태도가 위험하다는 것을 오카브는 잘 알았다.

— 이야기를 나눌 거면 최소한 날 좀 일으켜 주시오. 그리고 어젯밤에 너무 피곤할 때 들어서 기억이 나지 않는데 이름이?

상대는 친절하게 오카브의 몸을 들어 동굴 벽에 기대게 해 주었다. 차디찬 바위가 등줄기를 찌르자 오카브는 마침내 정신을 차렸다.

— 제 이름은 다사입니다.

이름을 듣고 나서 오카브는 어젯밤의 기억을 대부분 되찾았다.

— 다사, 어째서 나를 묶어 여기로 데리고 왔소?

— 일단 손을 풀어 드릴 테니 아침을 좀 드시겠습니까?

아침을 먹기 전에는 말해 줄 생각이 없는 것 같았다. 오카브는 고개를 끄덕였다. 다사는 그의 팔을 묶은 끈을 풀고 그릇 하나를 내밀었다. 정체를 알 수 없는 죽 같은 것이 들어 있었다.

— 독은 없으니 안심하고 드십시오. 오카브 님을 해칠 생각은 없습니다.

오카브는 상대가 자신의 이름을 아는 것을 수상하게 여기지 않았다. 대장장이 마을 사람이라면 당연한 일이었다.

오카브는 맛이 거의 느껴지지 않는 죽을 후루룩 마셨다. 다사도 바닥에 앉아 같은 소리를 내며 죽을 마셨다. 두 사람이 마지막으로 평화롭게 지내는 순간이 될 거라고 생각하니 입에 남은 죽이 씁쓸해졌다.

─저는 7년 전 대장장이 신전의 아랫마을 근처에서 죽기 직전에 발견되었습니다.

다사는 묻지도 않았는데 먼저 사연을 털어놓았다. 그에게는 반드시 필요한 절차인 것 같았다. 어차피 물으려던 참이라 오카브는 반갑게 들었다.

─우리 가족은 대대로 법의 경계를 맴도는 사람들이었습니다. 흔히들 무법자라고 부르지요.

그는 오카브가 반응해 주기를 원하는 듯 보였으나 오카브는 아무 말도 하지 않았다. 다사는 머뭇거리다가 이야기를 계속했다.

─우리는 먹고살기 위한 일은 닥치는 대로 했습니다. 설령 법에 어긋나는 것이라고 해도요. 배고픈 자에게 법이나 도덕이 어디 있습니까?

다사는 대답을 듣기가 영 글렀다는 것을 확실하게 알아차렸다. 오카브의 가벼운 입이 그 순간에는 돌이라도 매단 것처럼 내려앉아 있었다.

─어느 날 가족들이 저에게 그러더군요. 아주 큰 건이 하나 있다. 그런데 네가 나서 주어야 할 수 있는 일이다. 아무것도 모르고 하겠다고 대답했고, 그때 저는 겨우 열한 살이었습니다.

다사는 추억을 떠올리는 사람처럼 허공을 보았다. 그의 눈을 보아서는 마냥 즐거운 추억이 아니었다.

─가족들은 제 대답을 듣자마자 저를 죽도록 때렸습니다. 그리고 저를 대장장이 마을 근처로 데려가서 버려두었습니다. 모두가 알고 있습니다. 대장장이 마을은 함부로 외부인을 받아들이지 않지요.

─그래, 7년 전에 그런 이야기를 들었던 기억이 나는군. 다사, 당신이 그 사람인 줄은 몰랐지만.

오카브가 결심한 듯 입을 열자 다사는 마음이 들뜬 것처럼 목소리를 높였다.

─가족들이 예상했던 것처럼 마을 사람들은 다 죽어 가는 고아인 저를 받아들여 주었습니다. 저는 강도를 만나 가족과 재산을 다 빼앗긴 사연을 가진 사람이 되었습니다. 그들은 저를 일원으로 받아들여 주고 대장 기술도 가르쳐 주었습니다. 우리 가족이 강도니 거짓말도 아니었지요.

─가족이 강도라. 당신의 목적이 무엇인지 짐작이 가는군.

마을에 정착해서 행복하게 사는 것은 아니었겠지.

　－그렇습니다. 가족들이 저에게 그런 짓을 저지른 것은 한 사람을 추적하기 위함이었지요.

　다사는 고개를 돌려 오카브를 보았고 오카브는 시선을 피했다.

　－카부스빌의 학살자. 혼자서 제국 병사 만 명을 죽인 사람. 제국 최고의 현상금이 걸렸지만 성역에 숨어 있는 사람. 바로 당신입니다, 오카브.

　오카브는 예상했다는 듯이 고개를 끄덕였다. 그리고 변명하는 말을 해야 하는지 고민하다가 말했다.

　－그들은 침략군이었고 나는 젤레즈니 왕국을 지켜 주었을 뿐이야. 그리고 병력의 규모가 만 명이었지 죽은 이는 일부에 불과해. 학살이 아니라 전쟁이었어. 나라고 혼자서 만 명을 죽일 수는 없지.

　－그런 이야기를 저에게 하셔도 소용없습니다. 저는 그런 복잡한 이야기는 모르고 관심도 없습니다. 당신이 정말로 떳떳하게 전쟁을 벌였다면 왜 신의 힘을 잃으셨습니까?

　오카브는 대답할 말이 없었다.

　－저는 당신이 우리 가족을 구렁텅이에서 끌어내 줄 보물이라는 것만 압니다.

─그러면 좀 잘 대해 주시지. 이렇게 줄로 묶어서 피부가 다 쓸리게 하지 말고.

─어차피 걷게 되면 편하게 해 드릴 겁니다. 그렇게 많이 걸을 일도 없어요. 약속한 장소까지만 가면 가족들이 기다리고 있으니 당신을 수레에 태우고 제국으로 갈 겁니다.

─하, 7년이라니, 정말 대단하군. 사랑하는 가족을 그런 목적으로 7년이나 버려두다니. 어쩌면 사랑하지 않는 건가?

오카브는 일부러 비꼬는 말로 다사의 감정을 건드렸다.

─가족들은 시시때때로 저를 찾아왔습니다. 저를 버린 것이 아닙니다.

오카브는 다사의 항변을 피식 웃으며 무시했다. 다사는 억지로 화를 억누르고 동굴 밖으로 사라졌다. 오카브는 처음 생각했던 것보다 다사의 마음이 연약하다는 것을 알고 안심했다. 그러면 틈을 만들 수 있었다.

다사는 잠시 후 다시 돌아왔다. 마음이 진정되었는지 딱딱하게 굳은 표정도 풀어져 있었다.

─당신이 나오기까지 기다리느라 정말 힘들었습니다. 당신이 에이어리 님을 찾으러 나온다는 말을 듣고 얼마나 기뻤는지 모릅니다.

─에이어리란 놈은 참 여러 사람을 힘들게 만드는군. 스승

이 이제 다 죽게 생긴 걸 알고나 있을까? 황제가 나를 보면 뼈까지 씹어 먹겠다고 달려들 텐데 말이야.

－황제의 자비에 기대 보십시오.

－황제에게 자비란 건 없어. 자비를 베풀면 애초에 황제가 되어 남을 다스릴 수 없지. 그건 그냥 변덕이라고 부르는 거야. 마음이 내키면 가끔 기특한 짓을 하는 거지.

오카브는 누구에게 말하는지 알 수 없는 작은 소리로 중얼거렸다.

－하지만 그 변덕이 나를 피해 갈 것 같은 예감이 드는걸. 아니, 거의 확신이지.

다사는 못 들은 척 조용히 그릇을 정리했다. 그는 오카브의 팔과 몸을 한 번에 묶고 다리는 풀어 주었다. 오카브의 지팡이는 다사의 소유물이 되었다.

－그래서 가족과 만나는 곳은 어디지?

－굳이 아실 필요 없습니다. 하루 이틀은 걸어야 할 겁니다.

－그렇다면 정신에 도움이 되는 이야기를 잔뜩 들려주어야겠군.

－그렇게 하셔도 저를 설득할 수는 없을 겁니다.

－대장장이 왕이던 시절에도 누굴 설득하는 일에 성공한 적이 없어. 그래서 일이 이 지경이 되었는데 이제 와서 그런

헛된 일을 할까? 그냥 지겨운 여행길을 조금이라도 재미있게 가려는 거야. 인생 마지막 여행이 될 참이니까.

다사는 등에 멘 가방에서 짐승 가죽으로 만든 외투 하나를 꺼내 오카브의 어깨에 걸치고 목 부분을 끈으로 묶어 고정했다. 그렇게 하니 묶은 줄이 보이지 않아서 평범한 여행자처럼 보였다.

－고맙군.

－다른 사람들의 의심을 사지 않으려는 것뿐입니다.

－그나저나 그쪽도 처지는 정말 딱하군. 7년 동안 대장장이 마을에 살았으면 앞으로 계속 살 수도 있었을 텐데. 나는 가족이 없어 잘 모르겠지만 때로는 가족이 해가 된다고 들었지. 목적을 위해서 죽을 지경까지 때린다면 이미 가족이라고는 볼 수 없을 텐데.

－저는 계속 예의를 지키고 있습니다. 저를 화나게 하지 마십시오.

－그대가 사려 깊고 진실한 사람처럼 보여서 그러는 거야. 우리가 계속 협력할 수 있는 미래를 생각해 보는 거지.

－저는 당신을 가족에게 넘길 겁니다. 그러면 황제가 우리에게 큰 재산을 하사할 겁니다. 미안하지만 그것뿐입니다.

다사와 오카브는 더 늦기 전에 동굴을 떠나 길에 들어섰다.

다사는 오카브와 나란히 걸었다. 팔을 휘두르지 못하는 오카브의 걸음을 감안해서 천천히 걸어 주었다. 오카브는 다시 감사를 표현했지만 다사는 대꾸하지 않았다.

오카브는 다사의 가족들과 만나면 더 이상 정중한 대우를 받지 못할 것을 알았다. 팔이나 다리 하나가 없는 오카브를 바친다고 해도 황제는 상관하지 않을 것이다.

대장장이 신이시여, 저를 미워하시는 것이 하루 이틀 일은 아닙니다. 그런데 이제는 미워하다 못해 아예 고문받다가 죽으라고 하시는군요. 그동안 당신을 위해 봉사한 게 얼마인데 단 한 번 명령을 거역했다고 이러십니까? 오카브는 틈만 나면 그렇게 원망을 읊조렸다.

- 저 언덕을 넘으면 가족들과 합류하기로 한 지점입니다. 제가 대장장이 마을에 들어갈 때 이야기로 짐작하시겠지만 그 사람들은 좀 거칩니다.

- 다사, 마지막으로 다시 생각해 보게. 나를 팔아넘기면 가르젠과 에이어리가 그대를 용서하지 않을 거야. 그대와 가족들로는 두 사람을 당해 낼 수 없지.

- 그 사람들은 당신이 왜 사라졌는지 모를 겁니다.

- 그 두 사람은 결국 알아낼 거야.

다사의 강인한 얼굴에 두려운 기운이 비쳤지만 그는 오카

브를 재촉했다. 오카브는 절망을 향해 발걸음을 내딛기 시작
했다.

오카브가 그 순간에 떠올렸던 것은 대장장이 신이 아니라
젤레즈니 여왕이었다. 젤레즈니 여왕 데네브는 그에게 웃어
주는 대신 딱하다는 표정을 짓고 있었다.

◆

대장장이 신전 아래에는 본래 마을 두 개가 있었다.

하나는 신전 입구 쪽에 자리한 것으로

제국에서 찾아오는 신자들을 맞이하기 위해

장사꾼들과 여관이 점령한 구역이었다.

다른 하나는 창조의 기둥이 세워진

너른 공간 옆구리에 달린 샛길을 따라

산을 하나 넘으면 나왔는데

그곳은 일시적인 방문이 아니라

평생을 신전 옆에서 살기로

다짐한 자들을 위해 마련된 곳이었다.

그들은 자발적으로

신전의 유지를 위한 봉사에 참여했다.

시간이 지나 제국에서

대장장이 신을 믿는 신앙이 금지되자

순례자를 위한 마을은 빗자루에 쓸려 나가듯 사라졌다.

그러나 신전 뒤에 가려진 마을은

여전히 명맥을 유지하고 있다.

◆

II

들뜬 마음의 에이어리가 신자들에게
악마라는 오해를 받지만 기적을 두 번 보여 준다

에이어리에 대한 오카브의 통찰은 스스로 생각했던 것 이 상으로 뛰어난 면이 있었다. 에이어리는 그의 짐작대로 제국 수도에 먼저 들렀다가 젤레즈니 왕국으로 가는 길을 선택했 다. 올가 다리에 들러 자신의 가슴에 흉터를 남긴 일을 추억하 기 위해서였다.

올가 다리에 가려면 바니타를 지나는 황제의 길을 따라 쭉 걷기만 하면 되었다. 에이어리는 신발이 닳는 한이 있어도 잘 닦은 길에서 멀찍이 떨어져 걸었다. 자신을 추적하는 사람들 이 바짝 뒤쫓는다는 사실을 잊지 않았다.

- 이렇게 걸을 게 아니라 말을 끌고 왔어야 했어요.

데스커드는 아침부터 같은 소리를 열다섯 번 정도 내뱉었 다. 초조한 에이어리의 마음에 겨우 남은 여행 기분을 뭉개기 에 충분하고도 남았다.

- 이렇게 약한 다리로 나도 잘 걷고 있는데 그 건강한 몸으

로 불평부터 하는 거야?

에이어리는 마침내 분통을 터뜨렸다.

- 그리고 너도 말들을 담당하는 오반도가 어떤 사람인지 알잖아? 그 사람은 아예 마구간 옆에 숙소를 만들어 놓고 잠도 거기서 잔다고.

- 그분은 인간보다 말을 더 좋아하시죠. 말은 인간처럼 음흉한 구석이 없다면서요. 말씀하시는 걸 들은 적이 별로 없지만요.

- 그래, 그 사람은 인류애를 버리면서 남은 공간을 말로 채운 사람이야. 신전 안의 말은 모두 오반도의 가족이나 다름없다고. 그 가족을 훔쳐 타고 달아나면 내가 아무리 대장장이 왕이라도 오반도는 용서하지 않을 거야. 그보다 말발굽이 땅바닥에 닿는 순간 귀신처럼 소리를 듣고 튀어나와 우리의 계획도 실패했겠지.

- 그럼 우리를 한 방에 목적지로 보내 줄 장치 같은 건 없나요?

- 물론 있어. 금방 만들 수 있지. 대신 머리통이 깨져도 괜찮다고 약속해야 돼.

데스커드는 무슨 말을 해도 에이어리를 이기지 못할 것을 알고 입을 다물었다.

애초부터 데스커드는 대장장이 왕이 품은 바깥세상에 대한 동경과 모험심 같은 것이 없었다. 그는 신전 안에서 먹고 훈련하고 쉬는 생활에 만족했다.

그러나 대장장이 왕이 탈출 계획을 털어놓는 순간 난감한 처지에 놓였다. 그는 대장장이 왕을 배신하고 사제들에게 일러바칠 수도, 그렇다고 연약한 왕을 혼자 세상에 내보낼 수도 없었다. 그래서 어쩔 수 없이 따르게 된 것이었다. 아마 그의 두 스승, 가르젠과 탈와르는 돌아오기만 하면 가만두지 않겠다고 벼르고 있을 것이 분명했다.

반나절 정도 더 걷자 에이어리의 걸음이 눈에 띄게 느려졌다. 데스커드는 자기가 왕을 업고 달리는 쪽이 차라리 빠르겠다고 생각했다. 오후가 되어 해가 땅과 하늘 꼭대기의 중간 정도에 걸쳤을 때 에이어리가 다시 힘을 냈다.

- 저기 좀 봐.

그는 태양을 꿰뚫듯이 하늘로 솟은 길고 가는 탑을 가리켰다. 그것을 꼬챙이라고 부른다면 세상에서 가장 큰 꼬챙이라고 할 수 있었다. 키가 그 정도 되는 거인이라면 사람을 콧구멍에 끼우는 것도 가능할 것이다. 꼬챙이를 이루고 있는 것은 푸른색을 띠는 금속 뼈대와 그 겉을 감싸다가 부서져 내리는 벽돌이었다.

─높은 건축물은 언제나 구경할 가치가 있지. 저걸 만든 사람은 어쩌면 선대 왕 중 한 분일 거야. 여기는 신전에서 그리 멀지 않으니까.

에이어리는 꼬챙이처럼 뾰족한 탑을 향해 똑바로 걷기 시작했다. 데스커드는 에이어리가 중얼거리는 말을 들으며 따라갔다.

─이렇게 가까운 곳에 이런 물건이 있는 줄 어째서 몰랐을까? 그래서 사람은 세상에 나가 봐야 하는 거야.

에이어리의 선택은 결과적으로 좋은 것이 되었다. 그들이 탑에 도착했을 때는 해가 지평선에 녹아들기 직전이었는데 탑 아래에는 사람이 모여 살고 있었다. 그들에게 신세를 지는 쪽이 들판에서 자는 것보다 낫다는 점이야 말할 필요도 없었다.

그들 무리는 대략 몇십 명 정도 되어 보였다. 구성원은 남자부터 여자, 빽빽 우는 아기부터 소리 지를 힘이 없는 노인까지 다양했는데 낡은 복장이 집을 떠난 지 오랜 시간이 흘렀다는 것을 말해 주었다. 그들의 거처는 나뭇가지를 주워다 조립한 엉성한 집에 천을 씌운 것이었다. 에이어리는 데스커드를 보고 얼굴을 찌푸렸다.

─어디서 오셨습니까?

무리의 우두머리처럼 보이는 사람이 멀리서 오는 에이어리와 데스커드를 보고 미리 나와 있다가 물었다. 그는 수염이 권위를 상징하는 것처럼 다듬지 않아 제멋대로 뻗친 수염을 자랑스럽게 내밀었다. 나머지 인원들은 그의 뒤에 모여 서 있었다.

　-스타인에서 왔습니다.

　에이어리는 데스커드를 힐끗 보면서 거짓말에 동참하라는 신호를 보냈다.

　-어디로 가십니까?

　-제국으로 갑니다.

　-신자가 아니시군요.

　수염이 뻗친 남자가 실망한 듯이 말했다. 에이어리는 그의 말을 이해할 수 없어 의미를 물었다.

　-우리는 여기서 대장장이 신의 계시를 기다리는 사람들입니다. 모두 대장장이 신을 숭앙하며 살다가 황제의 박해를 피해 모인 사람들이지요. 우리 신자들 사이에는 암호처럼 통하는 말이 있습니다. 어디서 오셨습니까, 하고 물으면 죄 많은 땅에서 왔습니다, 라고 대답하고, 어디로 가십니까, 이렇게 물으면 진리의 땅으로 갑니다, 라고 대답하지요.

　-아, 그럼 저는 죄 많은 땅으로 가는 중이군요.

남자는 에이어리의 농담을 좋아하지 않는 기색을 굳이 숨기지 않았다.

－우리는 저 탑을 보러 왔습니다.

－아, 그러시군요. 저건 그야말로 위대한 신의 건축물입니다. 대장장이 신이 옛날 대장장이 왕에게 만들라고 명령하신 것으로 하늘과 땅을 연결하는 기둥입니다. 지난번에 저 탑에 벼락을 내려 우리에게 응답해 주셨습니다.

－위험할 텐데요?

에이어리는 비 오는 날 나무나 탑 아래에 있는 것이 얼마나 위험한 일인지 잘 알았다.

－아, 그래서 신의 음성이 들릴 때는 멀찍이 피해 있습니다. 불경스럽게 너무 가까이 갔다가 죽은 신자가 있었습니다. 젊은 친구라서 열성이 너무 과했지요.

대장장이 왕은 낯선 신자들에게 대장장이 신에 대한 새로운 사실을 듣고 나서 어리둥절했다. 그가 알기로 대장장이 신과 가장 가까운 인간은 권능을 받은 자기였는데 그들의 말을 듣고 보면 그렇지도 않은 것 같았다. 대장장이 신은 에이어리에게도 음성을 들려주거나 전갈을 보낸 적이 없었다.

－그러면 잠깐 구경해도 괜찮겠습니까?

－성스러운 물건이니 만지시면 안 됩니다.

에이어리와 데스커드가 탑으로 다가갈 때 감시자 두 명이 따라붙었다. 에이어리는 마치 호위를 받는 것처럼 의기양양하게 걸었다. 데스커드는 아무래도 좋다는 태도로 따라갔다.

한참을 둘러본 다음 에이어리는 데스커드의 귀에 대고 속삭였다.

- 이게 뭔지 알 것 같아.

- 뭔데요?

- 옛날 선대 대장장이 왕 중 한 분이 너무 심심해서 눗 땅을 다스리는 왕과 내기를 한 적이 있어. 기억은 잘 안 나는데 아마 16대였나, 그쯤일 거야.

에이어리는 스승 오카브가 구두시험을 볼 때만 달달 외웠던 역대 왕의 행적을 다시 기억해 내려고 애썼다.

- 무슨 내기요?

- 투석기로 커다란 고리를 발사해서 꼬챙이에 걸리게 하는 거야. 직접 봤으면 어마어마하게 멋있었겠지.

- 그럼 저게 세상에서 가장 거대한 고리 던지기 놀이용 꼬챙이라고요?

- 목소리 낮춰. 감시하는 사람이 듣겠어.

- 그런데 왜 이렇게 잘 만들었대요?

- 대장장이 왕의 체면이 있지 어떻게 허접한 물건을 만들

겠어?

에이어리는 탑의 정체를 알게 되자마자 신이 났다. 그는 탑 표면을 찬찬히 살피며 몇 바퀴 돌다가 마침내 원하는 것을 찾았다.

ㅡ여기 있네.

ㅡ뭐가요?

ㅡ너도 알겠지만 대장장이 왕이 만드는 물건들은 단숨에 분해할 수 있는 장치를 따로 숨겨 놓지. 이것도 마찬가지야. 여기 봐. 못 같은 게 보이지?

ㅡ그럼 그걸 빼면.

ㅡ다 무너질 거야.

데스커드는 다급하게 손을 뻗어 에이어리를 말렸다. 저 멀리서 수염이 뻗친 신자 대표가 이제 충분히 보았으니 물러나 주기를 청하려고 걸어오는 모습이 곁눈에 들어왔다.

ㅡ제발 부탁.

데스커드가 거기까지 말했을 때 못은 부드럽게 뽑혀 에이어리의 엄지와 집게손가락 사이에 몸을 맡겼다. 오랜 세월이 지나 탑의 겉면이 부스러지고 녹슬었어도 안에서 나온 못은 방금 만든 것처럼 매끈했다.

탑 안에서 삐걱거리는 소리가 났다. 데스커드는 조금씩 커지는 진동을 느낄 수 있었다. 그들을 감시하던 신자 둘은 황급히 땅에 엎드렸다.

에이어리가 뭐라고 외쳤지만 점점 커지는 소리에 가려 들리지 않았다. 데스커드는 에이어리의 팔을 잡고 어서 피하자는 시늉을 했고 에이어리는 완강히 버티며 계속 떠들었다.

- 걱정하지 마. 처음부터 철거를 예상하고 세웠으니까 안전하다고.

에이어리가 반복해서 한 말은 그것이었다. 그는 선대 대장장이 왕의 능력을 믿었고 미련하게 못을 뽑은 방향으로 쓰러지도록 설계했을 리가 없다고 생각했다.

가장 먼저 움직임을 보인 것은 뾰족탑의 꼭대기 부분이었다. 마치 절벽에서 뛰어내리는 사람처럼 에이어리와 데스커드가 서 있는 곳의 반대쪽으로 몸을 날렸다. 이어서 두 번째 단을 이루는 기둥들이 같은 방향으로 뒤따랐고, 세 번째, 네 번째 단도 마찬가지였다. 지표면에서 가까운 마지막 단은 가만히 몸을 눕혔지만 둔중한 무게에 땅이 흔들렸다.

진동과 먼지가 가라앉고 나서 에이어리는 어깨를 으쓱해 보였다.

- 거봐, 아무도 다치지 않을 거라고 했잖아.

- 그게 문제가 아니에요.

데스커드는 몽둥이를 든 사람들이 멀리서 달려오는 것을 가리켜 보였다. 그들을 감시하던 두 신자는 바닥을 치며 원통하다는 듯이 소리쳤다.

- 악마가 탑을 무너뜨렸어. 예언대로 되었어.

- 무슨 예언?

에이어리가 그렇게 되물으며 시간을 끄는 사이에 신자들은 어설픈 무기를 들고 에이어리와 데스커드를 포위했다. 에이어리는 처음부터 도망칠 생각이 없었기에 태연했다. 데스커드 역시 마찬가지였는데 그는 혼자서 적을 전부 때려눕히고도 숨이 차지 않을 자신이 있었다.

- 너희들은 대장장이 신을 적대하는 자들이다. 처음부터 수상하다고 생각했지. 인간의 피부를 뒤집어쓰고 나타나 탑을 무너뜨리다니 역시 악마가 생각해 낼 만한 계책이다. 대장장이 신이 말씀하신 그대로다.

- 대장장이 신이 뭐라고 하셨습니까?

무리의 지도자는 그런 걸 묻는 악마는 처음 본다는 듯이 에이어리를 노려보다가 마침내 대답했다. 겉으로는 비밀스러운 척하지만 실제로는 자신이 받은 계시를 세상 모두에게 알리고 싶은 사람 같았다.

- 신께서 며칠 전 벼락으로 말씀하실 때 우리에게, 아니, 나

에게 이렇게 말씀하셨다. 우리의 신앙을 시기한 악마들이 와서 탑을 파괴할 거라고. 그러니까 밤낮으로 잠들지 말고 탑을 지켜야 한다고. 설마 악마가 이렇게 쉽게 아무 도구도 없이 탑을 무너뜨릴 줄이야.

─그래서 지금 당장 우리를 죽일 겁니까?

대장장이 왕은 그런 상황이라면 자신의 정체를 밝힐 생각이었다. 대장장이 신을 믿는다는 자들에게 대장장이 왕이 맞아 죽는 것만큼 어리석은 일은 없었다.

─아니, 말도 안 되는 소리. 악마는 우리 힘으로 죽일 수 없지. 나무에 묶어 놓고 하늘에서 벼락이 떨어져 벌하기를 기다리겠다.

에이어리는 대답이 만족스러웠는지 손을 앞으로 쑥 내밀었다.

─그러면 묶으십시오. 가만히 있어야 벼락을 맞을 테니까.

왕이 묶이는 것을 보고 데스커드도 순순히 묶이는 쪽을 택했다. 신자들은 대장장이 왕의 손목에 달린 이상한 팔찌를 보고 빼려고 했지만 아무리 애써도 풀리지 않았다.

─그건 내 손목을 자르기 전엔 떨어지지 않으니 그대로 두십시오.

신자들은 이때부터 팔찌를 악마의 물건이라고 생각했는지

만지기도 꺼렸다. 에이어리는 나중에 스승 오카브에게 이 이야기를 들려주어야겠다고 마음먹었다. 오카브가 준 팔찌는 세월이 흐르면서 몇 번 개조를 거쳐 더 작고 얇은 물건으로 변해 있었다. 에이어리는 그 물건을 오카브의 유산이라고 불렀다.

신자들은 바닥 깊숙이 통나무를 박고 거기에 에이어리와 데스커드를 묶은 다음 볼 수는 있지만 화를 같이 입지는 않을 만큼 멀리 떨어졌다. 아무래도 그들은 대장장이 신이 벼락을 내리지 않더라도 최소한 악마를 굶겨 죽이는 것이 가능하다고 믿는 것 같았다.

─정말 순박한 사람들이야.

─어딜 봐서요? 제 눈에는 제정신이 아닌 것처럼 보이던데요?

에이어리가 불만에 찬 데스커드를 보고 낄낄 웃었다.

─그래도 저들은 우리를 때려죽이지 않았어. 폭력을 쓰는 것은 겁이 났던 거지. 사람이 모이면 앞뒤를 가리지 않고 행동하게 되는 법인데 저들은 아니야.

─그렇다고 해서 우리 처지가 바뀌는 건 아니죠. 저한테 맡기셨으면 지금쯤 편안히 길을 떠났을 텐데요.

─아무리 멍청하다고 해도 대장장이 신을 섬기는 자들을

때려눕힐 수는 없잖아? 그리고 원한다면 언제든 갈 수 있어. 해가 졌으니 아예 밤이 깊기를 기다리는 거지.

에이어리의 말대로 세상은 서서히 어두워져 팔을 휘두르지 않으면 앞에 사람이 있는지 확인할 수도 없는 깊은 밤이 되었다. 신자들은 보초 한 명을 빼고 모두 엉성한 집으로 들어가 잠들었다. 에이어리와 데스커드가 있는 쪽은 불을 밝히지 않아서 둘은 서로의 존재를 숨소리로만 확인했다.

– 이제 슬슬 가야겠군.

데스커드는 깜박 잠들었다가 그 말을 듣고 겨우 정신을 차렸다. 그사이 에이어리가 부스럭거리는 소리를 내더니 밧줄을 풀고 일어섰다. 그는 어둠을 더듬어 데스커드의 손을 묶은 밧줄도 풀어 주었다.

– 어떻게 하신 거예요?

– 대장장이 왕의 손이 닿는 바닥에는 돌과 흙이 있고 등에는 나무가 있지. 어느 쪽도 작은 칼을 만드는 데 문제가 없어.

바람을 가르는 소리가 나더니 이어서 땅에 날카로운 물건이 꽂히는 소리가 났다. 손이 자유로워진 데스커드가 주머니를 뒤져 불 피우는 장치를 꺼내려고 했다. 에이어리가 보지 않고도 본 것처럼 말했다.

– 그럴 필요 없어. 불빛을 보면 사람들이 몰려들 거야.

데스커드가 에이어리의 팔을 두드려 보초를 선 사람 쪽을 보게 했다. 그는 앉아서 졸고 있었는데 목이 아래로 심하게 꺾여 얼핏 보면 죽은 사람 같았다.

데스커드가 작은 불을 만들자 조용히 빠져나가기는 어렵지 않게 되었다.

─가기 전에 한 가지 할 일이 있어.

에이어리는 데스커드를 이끌고 탑의 잔해가 있는 곳으로 갔다. 신자들은 성스러운 탑의 잔해를 감히 만질 생각도 하지 못하고 그대로 놓아두고 있었다.

─내가 어리석었어. 이게 비록 선대 대장장이 왕의 고리 던지기용 꼬챙이였다고 해도 저 사람들을 실망시키고 화나게 할 필요는 없었는데.

─참으로 어른스러운 말씀입니다. 신전에서 도망치기 전에도 그런 생각을 하셨으면 좋았을 거예요.

─너도 공범이면서 무슨 말을 하는 거야?

에이어리가 기둥 중 가장 밑단을 받치는 것 하나를 한 손으로 어렵지 않게 세웠다. 바닥의 상처가 속이 다 드러날 정도로 너무 처참해서 원래 자리에 그대로 세울 수는 없어 보였다. 에이어리는 기둥을 몇 걸음 떨어진 곳으로 들고 가서 바닥에 힘주어 꽂았다. 쿵, 하고 묵직한 소리가 났지만 신자들이 자는 쪽에서는 별 반응이 없었다.

데스커드는 창 하나 들 힘도 없는 자신의 왕이 신의 권능으로 그 놀라운 일을 행하는 것을 따분하게 보았다. 대장장이 왕의 기적을 목격하는 것은 그에게 일상처럼 자연스러웠다. 에이어리는 기단을 완성하고 남은 것들을 하늘로 획획 던져 순식간에 탑을 완성했다.

마지막으로 못을 꽂으면 모든 과정이 끝난다. 그런데 아까 소동에 휘말리는 바람에 못은 이미 사라지고 없었다. 에이어리는 고개를 저으며 바닥의 흙을 한 줌 쥔 다음 힘을 주었다. 작고 희미한 빛이 나는 듯 싶더니 그의 손바닥에 단단히 굳은 못이 생겨났다.

―아침에 일어나면 저들은 대장장이 신이 악마인 우리를 잡아가고 탑을 다시 복원해 주셨다고 믿겠지?

에이어리가 못을 탑에 꽂으면서 데스커드에게 말했다. 그는 자신이 세상에 나와서 행한 첫 번째 기적이 마음에 들었다.

놋 왕은 대장장이 왕이 홀로 만든 투석기를 보고 감탄을
숨길 수가 없었다. 그에게 주어진 시간은 단 하루였고
일꾼도 따로 없으면서 표면을 세밀하게 마감한 것은 물론
장식까지 그려 넣었다. 그림은 파란 독수리처럼 보였는데,
하늘에서 가장 강하다고 알려진 그 새는 뱀을 잡아먹기로
유명했다. 뱀은 놋의 상징인 동물이었다.

첫 번째 발은 둘 다 크게 빗나갔다. 예상했던 결과였다.
과녁이 되는 기둥은 사람이 30초 동안
달음박질쳐야 닿는 거리에 있었다.

놋 왕의 부하들이 발사한 두 번째 고리도 크게 빗나갔다.
첫 번째보다 조금 더 멀어진 것 같기도 했다. 대장장이 왕은
비웃음을 굳이 숨기지 않으며 자신의 투석기를 조정하더니
단번에 발사했다. 고리는 너울거리는 것처럼 보이지만
실제로는 매우 빠른 속도로 날아가 기둥을 감싸 안았다.

-당연한 일이지만 제가 이겼군요. 놋은 투석기를
아주 많이 만드는 편이 좋겠습니다. 하늘을 뒤덮을 정도로
많이 쏴야 실수로 맞아 죽는 사람도 나올 테니까요.

놋 왕은 그때 대장장이 왕을 암살하겠다고 처음 결심했다.

III

대공으로 신분이 바뀐 레푸스가
마르쿠스를 따라 스타인 산지로 향한다

얼굴은 여전히 둥글었지만 이제는 광대와 턱의 윤곽이 강인하게 드러나 보였다. 항상 붉은 혈색은 오줌 세 방울 왕자로 불리던 시절과 전혀 달라지지 않았다. 지난 세월 동안 무엇을 저장했는지 배는 더 크게 부풀었다. 팔다리가 가는 편이라 풍성한 옷을 입으면 특이한 체형을 잘 감출 수 있었다.

레푸스 대공의 아침은 문안 인사로 시작되었다. 몇 년째 병석에서 일어나지 못하는 무스텔라는 호화로운 제국산 침대에 누워 있었다. 레푸스의 지난 몇 년은 그 침대를 얻기 위한 싸움이었다.

－오늘은 기분이 어떠십니까?

－오늘이라는 것이 따로 없구나. 자고 일어나고, 또 자고 일어나도 하루가 지나갔는지 알 수 없다. 어두우면 새벽인지 저녁인지 알 수 없고, 캄캄하면 밤인지 눈이 멀었는지 모른다.

－방에 시계라도 놓아 드려야겠군요. 아침부터 무슨 그런

시적인 말씀을 하십니까?

 - 시계는 놓지 말아라. 바늘이 움직이는 소리가 날 미치게 할 거다. 얼마 남지 않은 시간이 재촉하는 소리를 듣고 싶지 않다.

무스텔라는 벌컥 화를 냈다.

 - 아침부터 기운이 넘치시는 걸 보니 곧 일어나시겠어요.

 - 아니, 이미 나는 끝났다. 그러나 끝나기 전에 누워서라도 스타인 왕국의 통일을 보고 싶구나. 저 악독한 아크마트 놈을 이 땅에서 몰아내는 모습을 말이야.

 - 아버지, 아크마트 대공은 황제의 비호를 받는 사람입니다. 그를 쫓아내려고 하면 곧바로 전쟁입니다.

 - 전쟁을 두려워해서는 안 된다. 어서 다섯 대공을 소집해서 군대를 일으켜라. 아크마트를 몰아내고 나라를 다시 하나로 만들어야 한다.

그렇게 말할 때 무스텔라는 제정신인지 명확하지 않았다. 레푸스는 매일 듣는 소리를 또 들을 때마다 머리가 아팠다. 그때마다 파르바 주 한 잔이라도 마시고 들어올걸, 하는 후회가 들었다. 그러나 방을 나가면 다시 아버지를 측은하게 여기는 마음이 되살아났다.

 - 나머지 대공들이 모두 우리 편인 게 아닙니다. 그들은 받

은 권력과 영토를 마음에 들어 해요. 스타인을 다시 통일시키고 싶어 하지 않아요.

　- 그러면 모두 반역자들이다!

　노인은 병자라고 믿을 수 없을 만큼 강하게 고함을 질렀다.

　- 레푸스, 황제가 공국을 허락해 주었다고 안주하면 안 된다. 황제는 자기가 삼킬 땅이 황폐해지는 걸 막으려고 했을 뿐이야. 분열된 우리가 각자 나라를 잘 관리하다가 황제에게 다 넘기라는 뜻이다. 황제는 우리가 하나로 뭉쳐 대항하는 것을 두려워한다.

　- 그렇지 않습니다. 황제는 전쟁을 원하지 않고 평화를 원합니다. 이제 그런 야만의 시대는 끝났어요.

　무스텔라가 대답하기 싫었는지 병자다운 기침을 끊임없이 내뱉었다. 옆에서 하녀가 무스텔라를 부축하고 입을 닦아 주었다. 레푸스는 아버지가 마시는 붉은 약을 보고 파르바 주를 떠올렸다.

　- 그렇게 방심하고 안주하면 안 된다. 네가 좋아하는 스타인 대공이라는 지위는 영원하지 않을 거다.

　- 이렇게 아침에 찾아올 때마다 꾸중하시니 저도 머리가 아픕니다.

　무스텔라는 언짢은 듯이 대꾸하지 않았다. 레푸스는 아버지가 하루의 총기를 모두 사용했다는 것을 알았다. 이제 남은 시간 동안에는 어린아이처럼 투정을 부리는 병자가 될 것이다. 그는 아들을 만나는 일에 정말로 온 힘을 다 쏟고 있었다.

레푸스는 언제나처럼 무거운 마음으로 아버지의 방을 나섰다. 당장 파르바 주 생각이 간절했으나 문 앞에서 기다리는 사람이 있었다.

-듣지 않으려고 했으나 목소리가 문틈으로 다 새어 나오더군요. 선왕의 통찰력은 병자라고 상상하기 어려울 정도입니다.

-그렇지, 듣기 싫지만 전부 옳은 말씀이야. 아버지의 정신이 멀쩡한지는 별개로 두더라도 말이야. 이대로 가면 우리는 자연스럽게 제국에 흡수될 거야. 군대를 일으킬 수도 없는 일 아닌가?

-우리가 동원하는 군대로는 제국은커녕 아크마트 대공도 이길 수 없겠지요.

그렇게 말하는 마르쿠스의 머리카락은 군데군데 하얗게 세어 있었다. 모르는 사람이 보면 멋을 부리기 위해 색을 칠한 것처럼 보였다. 강인하고 날렵해 보이는 몸은 여전히 가볍게 움직였다. 옆에서 느릿느릿 걸으며 배를 지탱하는 대공과 정반대의 모습이었다.

- 그러면 어쩌라는 말인가?

대공은 발걸음을 멈추지 않고 식당으로 연결되는 복도로 꺾어 들었다. 아침 식사와 술은 언제나 아버지를 만난 다음으로 정해 놓고 있었다. 위장이 한창 움직일 때 꾸중을 들으면 종일 속이 좋지 않았다.

- 같이 들겠나?
- 마다할 수 없지요.

간단한 식사가 차려지자 시중드는 사람이 술병을 들고 접근했다. 아침부터 식사에 술을 곁들이는 것은 레푸스 대공에게 당연한 일이었다.

- 오늘은.

레푸스 대공은 입맛을 다셨다.

- 오늘은 그냥 물러가게. 마실 기분이 아니야.

시중드는 사람이 눈을 동그랗게 떴다. 그는 봉변을 당하기라도 한 것처럼 종종걸음으로 사라졌다.

- 내가 이렇게 밥을 먹는 것은.

레푸스 대공은 입안에 넣은 것을 충분히 씹은 다음 이어서 말했다.

- 나를 위해서가 아니야. 아버지를 다시 선왕으로 만들기 위해서야. 그대를 총리로 만들기 위해서야. 나중에 태어날 내

자식들을 왕자와 공주로 만들기 위해서야.

─ 본인을 위한 계획은 없으십니까?

─ 나는 아무래도 좋아. 나는 평생 파르바 주만 양껏 마실 수 있다면 그걸로 족해. 왕자니 대공이니 하는 이름들은 전부 술을 마시는 데 방해만 되는 것들이지.

레푸스가 그렇게 말하며 채워지지 않아 투명한 잔을 바라보았다. 유리잔을 타고 돌며 출렁이는 붉은 액체 소리가 들리는 듯했다. 그렇게 상상으로 들을 때 더 매력적인 소리였다.

─ 마르쿠스, 그렇게 점잖은 척 앉아 있지 말고 나에게 지혜를 주게.

─ 지혜를 가진 자만 지혜를 내놓을 수 있는 것 아닙니까?

─ 그대가 지혜가 없다면 누구를 믿어야 하지?

─ 저에게 제대로 된 지혜는 없지만 지혜를 찾을 방법을 아는 지혜 정도는 있습니다.

─ 그 말은?

─ 매일 말씀드리지 않습니까?

─ 그 망할 늙은이를 찾아가라는 말이군.

─ 똑같은 말씀을 또 드려야 하겠습니까?

레푸스가 증오하는 사람을 처음 이 성으로 모셔 왔던 사람이 물었다. 마르쿠스는 그의 오두막에 가서 설득하고 이사를 도왔다. 그가 당시 몰락한 나라의 왕자였던 레푸스의 스승이 되게 주선했다. 황제의 외교 문서를 번역하게 했다.

- 그는 황제의 하수인이야. 스타인을 배신하고 나라를 팔아 먹었어.

- 언제나 드리는 말씀이지만 저는 그렇게 생각하지 않습니다. 황제의 음험한 계획이었을 뿐입니다. 플리니 대공은 우리의 두뇌가 될 사람이라 황제도 멀리 떨어뜨려 놓고 싶었던 거지요.

- 거절했으면 될 일.

- 하지만 반대로 생각해 보면 여섯 대공 중에 우리 편이 하나 더 있는 셈 아닙니까? 장인 피가두 대공과 사촌 오레스테스 대공까지 우리 편이라고 하면 절반 넘게 설득한 셈입니다.

- 매번 말하지만 장인은 몰라도 오레스테스는 절대로 우리 편이 아니야. 제국과 아크마트 곁에 붙어서 꼬리를 살살 흔드는 놈이야.

- 그렇다면 더더욱 플리니 대공을 우리 편으로 만들어야 합니다.

- 플리니는 대공이 된 이후로 우리에게 한 번도 연락을 취하지 않았네.

- 반대로 우리도 플리니 대공에게 연락을 취한 적이 없지

요.

레푸스는 밥맛이 없는 사람처럼 그릇을 앞으로 밀어냈다. 마르쿠스는 마침내 설득이 통하는 것을 느끼고 미소 지었다. 비슷한 대화가 수백 번이나 반복된 끝에 처음으로 레푸스의 마음이 움직였다.

그때 시중드는 하인이 다시 파르바 주가 출렁이는 병을 들고 나타났다. 그는 레푸스가 식사를 마친 것을 보았다. 식전주는 마시지 않더라도 식후주는 마시겠다고 할 수도 있었다. 레푸스에게 술을 따르는 것이 그의 자존심인 모양이었다.

－분명히 오늘은 그냥 물러가라고 했을 텐데?

－예?

－그대의 목이 저녁까지 붙어 있기를 바란다면 냉큼 사라져.

파르바 주는 격렬하게 회전하며 향기와 소리를 뿜내다가 사라졌다. 레푸스는 여러모로 기분이 좋지 않았다.

－플리니에게 이곳까지 오라고 편지를 보내면 어떨까?

레푸스는 진심이었다.

－그분이 제국 대학에서 쫓겨났을 때도 제가 직접 모시러 갔습니다. 하물며 지금은 대공이 된 사람을 어찌 그렇게 대우하겠습니까?

- 그러면 우리가 가야겠군.

- 제가 아니고 우리입니까?

- 이왕 겸손한 모습을 보이려면 바닥에 얼굴까지 대야지. 그 노인이 얼마나 풍요로운 생활을 해서 얼굴에 윤기가 흐르는지 보러 가자고.

마르쿠스는 노인에게 풍요로운 삶은 관심 밖인 것을 알았다. 그가 서부 산악 지대를 영지로 고른 이유는 단 하나밖에 없었다. 그곳은 괴물과 인간의 영역이 충돌하는 곳이었다. 탐욕스러운 인간보다는 괴물학을 연구하는 학자가 고를 만한 장소였다.

마르쿠스가 그런 생각을 하는 사이 레푸스는 먼저 일어섰다.

- 어디 가십니까?

- 피가두 대공비에게 며칠 사라질 생각이라고 말해 주어야지.

- 아시면 반대하실 텐데요?

- 대공비에서 왕비로 호칭이 바뀌게 해 주겠다고 말할 거야. 그런 건 아주 좋아하거든.

레푸스가 다스리는 스타인 공국과 폴리니 공국 사이를 오레스테스 공국이 막고 있었다.

오레스테스는 무스텔라의 동생의 아들, 그러니까 레푸스의 사촌 형제였다. 오레스테스의 아버지는 젊은 시절에 병으로 죽었다. 이후 오레스테스는 큰아버지 무스텔라가 마련해 준 작은 성에서 열심히 인생을 낭비했다.

그러다가 어떻게 황제의 눈에 들었는지 여섯 대공 중 하나가 되었다. 레푸스는 쭉정이 오레스테스라고 부르며 경멸을 감추지 못했다. 몇 년 전 오레스테스는 레푸스 곁에 자리를 잡자마자 찾아와서 아부를 떨었다.

-우리가 같이 힘을 합쳐 제국을 몰아내야 하지 않겠습니까?

레푸스가 생각하기에 제국에는 똑똑한 인간들이 많았다. 오레스테스가 입으로 말하는 것처럼 애국자라면 그의 옆에 둘 리 없었다. 오레스테스는 나라를 판 첩자였다. 그 대가로 스타인 왕국을 여섯으로 찢은 땅 중 하나를 받은 것이다.

레푸스와 마르쿠스는 수행원 없이 몰래 오레스테스의 영지를 통과했다.

-우리가 갑자기 플리니를 만나러 간다고 하면 분명히 의심하고 황제에게 보고하겠지.

-우리 땅에는 황제의 까마귀가 하나도 없다고 장담할 수

있으십니까?

―그자들은 지금 우리의 소재를 파악하느라 골치를 썩일 거야. 목적지는 상상도 못하겠지.

며칠 동안 파르바 주를 입에 대지 않은 레푸스는 안색이 창백했다. 가만히 있을 때는 손을 떨어 대서 마르쿠스를 불안하게 했다. 덥지도 않고 격렬한 운동도 않는데 땀이 이마를 타고 흘러내렸다.

레푸스가 말에서 떨어지려고 해 마르쿠스가 받아 올린 것이 한두 번이 아니었다. 마르쿠스는 안장에 달린 비상용 파르바 주를 마시라고 권하고 싶었으나 참았다. 대공이 절제하느라 애쓰는데 옆에서 약하게 만드는 소리를 할 수는 없었다.

―내가 다시 스타인을 통일하면 오레스테스는 처형해도 괜찮겠지?

말은 그렇게 해도 레푸스가 오레스테스 공국을 지나며 놀란 점이 있었다. 백성들은 무능한 지배자 밑에서 의외로 편안한 삶을 누렸다. 황제가 여섯 공국의 세금 비율을 고정한 탓일지도 몰랐다. 오레스테스가 거둬들인 세금으로 잘 먹는 동안 백성들도 알아서 잘살고 있었다.

두 사람은 오레스테스 공국 가장자리를 서둘러 통과해 플리니 공국에 들어섰다. 그때부터 날씨가 극적으로 바뀌어 매서운 바람이 불었다. 햇빛은 침침하고 산에서 정체를 알 수 없는 괴물 소리 같은 것이 울려 퍼졌다. 자연의 생명력은 바라보는 인간의 기운을 흡수하는 듯했다.

레푸스는 한기를 느껴 챙겨 온 외투를 뒤집어썼다. 그곳에서는 산도 숲도 바위도 물도 각자 생명을 주장했다. 모든 것이 살아 있었고 모든 것이 존재감을 내뿜기를 원했다. 멈춰 있던 레푸스의 손이 다시 떨리기 시작했다.

- 서부 산지는 이런 곳이었군.

- 누구도 부귀영화나 권력을 위해 이런 곳을 선택하지 않습니다. 이제 아시겠지요?

레푸스도 마르쿠스의 말에 동의할 수밖에 없었다.

서부 산지가 괴물들의 땅이라고 불리는 이유가 있었다. 반나절도 가지 못해서 먹이를 탐내는 붉은 눈이 나타나 말들을 놀라게 했다.

- 카니악.

개보다 크고 늑대보다 작으며 괴물과 동물의 경계에 있는 생물이 눈에 띄었다. 흉포하기로는 개나 늑대와 비교가 되지 않았다. 흔히 인간을 제외하면 사냥의 목적이 먹이라고 하는데 카니악은 그렇지 않았다. 먹지 않을 사냥감을 갈가리 찢어 놓는 것이 취미였다.

두 사람은 활을 꺼냈다. 한 사람의 활은 보석이 박힌 스타인 왕실의 보물이었다. 다른 사람의 무기는 오래 사용해 표면이 반질반질한 나무 단궁이었다.

─카니악은 잔인하지만 이빨에 물리지만 않으면 무사할 거야. 대신 이빨에 물리면 목을 자를 때까지 풀기 힘들어.

─오랜만에 박물학자다운 말씀을 하시는군요.

그들의 주위에 모습을 드러낸 카니악은 모두 다섯 마리였다. 그중 한 마리는 정면에서 모습을 보였고 두 마리가 좌우에서 호위하고 있었다.

─저쪽이 대장이겠군요.

─카니악 무리가 이렇게 상하 관계가 뚜렷했었나? 그런 건 기억에 없는데.

나머지 두 마리 중 한 마리는 왼쪽 풀숲에 숨었다. 한 마리는 반대편 대각선 뒤쪽에서 말의 뒷다리를 노리고 있었다.

정면에 있는 우두머리가 시선을 끄는 동안 측면과 뒤쪽에서 습격할 모양이었다. 그러나 괴물이 머리를 굴려도 인간을 당해 내기는 어려웠다. 두 마리가 동시에 튀어 오르는 순간 레푸스는 왼쪽 녀석의 배에 화살을 꽂았다. 오른쪽 뒤편에 있던 카니악은 눈에 마르쿠스의 화살을 맞고 뒹굴었다.

마르쿠스는 곧바로 화살 하나를 더 재어 레푸스의 뒤편에

쏘았다. 아까 배를 맞았던 녀석이 일어나려다 목과 배의 경계에 한 방을 더 맞고 쓰러졌다.

우두머리는 두 마리가 당하는 것을 보더니 미련 없이 등을 돌렸다. 멀리서 종소리 비슷한 것이 들렸다. 어쩌면 그 때문에 떠난 것일 수도 있었다.

소리는 점점 가까워졌는데 금속성이 머리에 울려 불쾌감이 들었다. 그런 소리를 낼 수 있는 것은 인간뿐이었다. 두 사람은 소리의 정체를 기다렸다.

– 이런.

레푸스가 탄식을 내뱉었다. 안장 고리에 달아 두었던 병 두 개가 어느새 바닥으로 떨어져 피 같은 물을 쏟아 내고 있었다. 파르바 열매를 숙성시켜 만든 술에서 달콤한 냄새가 났다.

– 이 땅에도 파르바 열매 정도는 있겠지?

종소리와 함께 나타난 것은 변변히 갖춰 입지도 않은 병사 두 명이었다. 그들의 무기는 허리에 꽂혀 있었고 양손에는 각각 종이 들려 있었다. 갑옷이 없어서 한번 물리거나 찔리면 그것으로 끝이었다.

두 사람을 확인하고도 병사들은 서두르지 않고 종을 흔들며 다가왔다.

– 이 지역은 카니악이 나와서 위험하니 다니면 안 되오. 뭐,

당신들이라면 큰 문제는 없겠지만.

병사는 바닥에 쓰러져 있는 카니악을 훑어보며 말했다.

–무슨 일로 여기에 오셨소?

플리니 공국은 세상에서 떨어진 도피처였다. 예부터 은둔하고 싶은 온갖 사람들이 모여드는 곳이었다.

–종은 왜 계속 흔듭니까?

레푸스가 대답 대신 질문했다.

–아, 이거요? 카니악은 귀가 예민해서 이런 소리를 들으면 멀리 도망갑니다.

레푸스는 벌써 스승의 자취가 느껴지는 것 같아 오랜만에 웃었다. 병사들이 어처구니없다는 듯이 그를 보았다.

–우리는 플리니 대공을 만나러 왔소. 혹시 거기까지 안내해 줄 수 있겠소?

마르쿠스가 아직도 웃음을 그치지 못한 레푸스 대신 물었다.

–대공님을요? 농담도 참. 대공님은 아무 여행자나 만나 주시지 않소. 카니악 정도를 잡은 걸로는 어림도 없소.

–여기 웃고 계신 분은 스타인 대공이시오.

–스타인 대공? 그러면.

두 병사는 의심하려다 붉은 얼굴과 불룩한 배를 보고 수긍

하는 눈치였다. 그들이 엎드리려는 것을 레푸스와 마르쿠스가 말렸다.

－이, 일단 경비 대장님을 만나셔야 합니다. 그, 그, 그분이 대공께 안내할 겁니다. 경비 대장님은 스타인 대공을 만난 적이 있다고 하십니다.

그렇게 찾아간 곳에서 만난 경비 대장은 두 사람이 잘 아는 사람이었다. 훤칠한 이마와 큰 키를 가진 귀족 같은 사람은 벌떡 일어섰다. 군복이 몸에 그렇게 잘 어울릴 수가 없었다.

－대공님. 마르쿠스 님.

정중하게 고개를 숙인 사람은 슈타이어였다. 제국에서 까마귀 발톱의 1소대장을 맡았던 자였다. 가르젠과 대장장이 왕후보를 해치우려다 정체를 알 수 없는 마법사에게 당했는데, 레푸스가 쓰러진 그를 주워 와서 부하로 삼았다.

그는 제국에 남은 가족의 안전을 위해 죽음을 위장하고 레푸스 밑에 남았다. 그러다가 플리니가 대공으로 임명될 때 자원해서 따라갔다. 다시 보기는 몇 년 만이었다.

－오랜만이네.

－여기는 어떻게 오셨습니까? 그것도 수행원도 없이 단둘이 말입니다.

－거기에는 조금 설명이 필요하지.

마르쿠스가 레푸스 쪽으로 고개를 돌리며 설명을 맡길 것
인지 물으려고 했다. 그러나 레푸스는 두 사람의 대화는 신경
쓰지도 않고 탁자 위의 병 안에서 출렁이는 붉은 액체를 황홀
하게 바라보고 있었다.

제국의 주류업자들은 황제의

스타인 관리 정책에 크게 반발해 왔다.

황제가 스타인의 정치 상황을 불안하게 만들어

파르바 열매의 작황이 일정하지 않아 파르바 주 생산에

큰 차질을 빚는 일이 몇 년째 이어진 까닭이다.

제국에서 술은 엄격한 가격 통제 품목에 해당하기 때문에

생산비가 올라도 가격을 마음대로 매길 수 없다.

제국 안에서 파르바 열매를 생산하려는 시도가 있었으나

몇 년 동안 힘겹게 나무를 키워 마침내 처음 수확한 열매는

스타인 산보다 떫은맛이 강해 상품 가치가 떨어졌다.

사람들은 토양이 원인이라고 짐작한다.

IV

예언과 소문을 듣고 조바심이 난 카르멘이
마법사 왕국을 벗어나 낯선 땅으로 달려간다

이제 갓 서른이 넘은 왕의 얼굴은 병색이 짙었다. 앙상한 손목에는 굵은 핏줄이 살을 파먹는 것처럼 얽혀 있었다. 그는 누구를 만날 때도 자리에서 일어나지 않았다. 그가 제대로 걸을 수 있는지 의심하는 사람들이 생겨났다.

모두 그가 곧 죽으리라고 생각했다. 8년 전 갑자기 병이 찾아든 뒤부터 계속 그랬다. 에메랄드 가문은 형을 대신할 동생의 행방을 찾았다. 나머지 가문들은 새로운 경쟁에서 승리할 대표를 찾느라 바빴다.

그러나 왕은 죽지 않았다. 곧 죽을 듯이 연약한 생명을 가늘게 가늘게 이어 나갔다. 그가 죽기를 바라는 사람들이 먼저 지쳐 나가떨어질 만큼 버텼다. 여전히 아무도 감히 도전하지 못할 정도로 마법의 힘을 유지했다.

마법사들은 그들이 힘을 얻는 신비한 흐름의 근원을 정확히 알지 못한다. 그것은 자연에서 부는 바람과도 같고, 굳이 따지자면 어둠에서 기원했다고 한다. 빛이 아니라 어둠이다. 그래서 마법은 신을 상징하는 빛과 어울리지 못하는 것이다.

모든 마법사가 가장 먼저 배우는 마법은 불을 밝히는 것이다. 그것은 흐름에 반역하는 것이기도 하다. 어둠에서 기원한 힘으로 불을 만들어 어둠을 몰아내는 것이다. 어둠에 묻히지 않고 그것을 다스릴 수 있다고 주장하는 것이다.

잡다한 이론 중에 마법사 왕 라토의 실지렁이 같은 삶을 설명하는 것이 하나 있다. 그에 따르면 의지력과 마법의 흐름은 성분이 비슷하다. 강한 의지를 가진 마법사는 가슴속에서 소용돌이치는 급류를 만들어 낼 수 있다.

루비 카르멘, 루비 가문이 내세우는 후보는 그 말을 믿지 않았었다. 그러나 왕의 몸이 점점 쇠약해 가는 것을 보며 생각이 바뀌었다. 왕이 육체를 희생하면서 마법을 유지해 생을 지속한다는 느낌이 들었다. 물론 그런 마법이 존재한다고 들어 본 일은 없었다.

라토와 아리셀리스 형제는 드물게 나타나는 사람들이었다. 그들의 한계가 어디까지 닿는지 다른 마법사들은 짐작도 할 수 없었다.

형제는 둘 다 8년 전을 기준으로 이상하게 변해 버렸다. 형은 살아 있는 시체처럼 변했고 동생은 폭탄 같은 힘을 쏟아붓

더니 모습을 감추었다.

　황제가 주최한 평화 조약 갱신이 끝나고 나서 돌아온 카르멘은 황급히 예언자들을 찾았다. 마법사 왕국에서 작은 집단을 형성한 그들의 예언은 꽤 권위가 있었다.

　－운명이, 운명이 바뀌고 있어요. 동생이 형을 죽이는 것이 아니라 동생을 만나는 순간 형이 죽을 겁니다. 둘이 만나면 형은 죽을 운명이에요. 아, 어째서 운명이 뒤틀려 버린 건가.

　머리부터 발끝까지 털이란 털은 모조리 깎은 예언자가 중얼거렸다. 매끈한 몸에 기름을 바르고 천 한 장을 뒤집어쓰고 이상한 약을 마신 상태였다. 그는 몸을 덜덜 떨었고 그 바람에 천이 미끄러져 알몸이 노출되었다. 카르멘은 번들거리는 뱀 같은 몸을 보고 속이 불편해져 고개를 돌렸다.

　그로부터 8년이 지난 후에도 예언의 내용은 크게 바뀌지 않았다. 그래도 카르멘은 예언을 끊을 수가 없었다. 주기적으로 방문해서 형제의 미래를 물어야 마음이 편해졌다. 최근에는 예언이 뜻하는 바가 미묘하게 달라졌다.

　－두 사람은 세상에 공존할 수 없는 존재들. 둘 중 하나는 죽어야 나머지 하나가 힘을 낼 수 있어요. 형과 동생이 만나면 약한 쪽이 죽을 겁니다. 살인자는 동생이 아니라 운명이에요.

　예언을 마친 남자는 지쳐서 천을 깔고 바닥에 뻗어 있었다.

뭍에 나온 물고기처럼 숨을 헐떡거릴 때마다 가슴이 부풀어 올랐다. 흔들리는 불빛을 받으면 기름을 바른 몸이 빛과 만나는 부분이 바뀌었다. 피부가 혼자서 색을 바꾸며 말을 하려는 것 같았다.

카르멘은 고개를 절레절레 흔들며 마법사들이 원시적으로 여기는 불빛과 번들거리는 몸과 어둠을 뒤로했다. 그러나 고민만은 놓고 나오지 못해서 아직도 머리에 엉겨 붙어 있었다. 입구를 찾아 밝은 세상으로 나오자 눈이 부셨다.

- 왕께서 부르십니다.

신전 바깥에서 기다리고 있었는지 왕의 시종이 그녀를 보자마자 말했다.

- 무슨 일로.

- 아주 급하다고 하십니다.

내용과 반대로 그의 말투나 표정은 온화하고 차분했다. 그러나 눈에는 초조한 기색이 보였다. 아무리 훈련을 받아도 감출 수 없는 것이 있었다.

- 알겠소. 지금 바로 가지.

그녀는 왕을 알현하면서 병색이 완연해 자리에 앉은 왕과 대조적으로 당당히 서 있는 남자를 보았다. 그는 다른 사람보다 머리 하나가 더 달린 것만큼 키가 컸다. 장대한 기골에 걸

맞은 강인해 보이는 턱을 뽐냈다. 표정은 온화해 보였지만 미세한 잔인함이 코끝과 입술 사이를 맴돌았다.

중간중간 검은색이 섞인 회색 머리는 그가 훌륭한 마법사임을 암시했다. 속이 비치는 하얀 외투는 그가 다이아몬드 가문 출신이라고 말하고 있었다. 왕이 죽으면 다이아몬드 가문은 이 남자를 후보로 내어놓을 생각이었다.

다이아몬드 울릭은 루비 카르멘을 보고 반가운 표정을 지었다. 카르멘은 그를 못 본 척했다. 다이아몬드 가문의 혼담을 거절한 것과는 상관없었다. 카르멘은 좋고 싫음이 분명했는데 울릭은 매우 싫어하는 쪽에 속했다.

－들어야 할 사람이 다 왔구나. 이제 이야기를 시작해도 좋다.

라토가 말하자 구석에 있던 어둠이 인간 형상이 되었다. 카르멘은 자기도 모르게 입을 살짝 벌렸다. 울릭은 양쪽을 번갈아 보면서 즐겁다는 듯이 외투를 쓰다듬었다.

－왕이시여, 그리고 수석 마법사들이시여. 미천한 종은 사방을 돌아다니며 구경하고 왔습니다.

－그래서 무엇을 보았느냐?

왕은 대답을 이미 알면서도 정말 궁금한 사람처럼 물었다.

－떠도는 마법사를 보았습니다. 그는 마법을 모르는 사람처

럼 행동했지만 제 감을 속일 수는 없었습니다.

　－그가 어떻게 생겼던가?

　－제 앞에 계신 고귀한 분과 똑같은 얼굴이었습니다.

이번에는 두 수석 마법사가 똑같이 놀랐다. 카르멘은 울릭을 비웃어 줄 정신이 없었다. 울릭도 체면을 잊은 것처럼 보였다.

　－아리셀리스. 어디에 살고 있던가?

　－저 멀리 놋과 루 도인 사이에 끼인 변두리였습니다. 힘이 부딪혀 상쇄되는 곳이고 척박해서 누구도 눈길을 주지 않는 곳이었습니다.

　－어떻게, 어떻게 살고 있던가?

　－그는 농민으로 위장해서 육체를 쓰며 삽니다. 부인과 자식을 두고 있지요. 자식은 서너 살 정도인데 벌써 머리카락 일부가 회색으로 물들었습니다. 아직 어려서 아들인지 딸인지 확실히 보지 못했습니다.

일찍부터 교육하지 않으면 아무리 좋은 혈통이라도 마법사가 될 수 없다. 아리셀리스는 신분을 숨기고 살지만 자식에게 마법을 가르칠 생각인 것이다. 그 나이부터 머리카락이 변한다는 것은 엄청난 재능이다. 어쩌면 아버지의 재능을 능가할지도 모른다.

카르멘은 그렇게 생각하면서도 아리셀리스가 정착했다는 사실을 곱씹었다. 그녀도 루비 가문의 힘으로 그를 찾으려고 했었다. 그러나 어디까지나 혼자서 유랑하고 있을 것이라고 믿었다. 가정을 이루어 자식을 낳았을 것이라고는 상상할 수 없었다.

- 내게 조카가 있었다니. 그 아이는 영특해 보이나?

- 그렇습니다. 고귀한 기운이 넘쳐흐르는 아이입니다.

- 아리셀리스는 그대를 보지 못했겠지?

보고자는 한 걸음 앞으로 나왔다. 카르멘은 그제야 그를 자세히 볼 수 있었다. 그의 피부는 온통 주름으로 파여 있었는데 걸치고 있는 넝마와 잘 어울렸다. 한쪽 눈에는 동자가 없었다.

- 제 기척을 감추려고 노력했습니다. 그러나 성공했는지 잘 모르겠습니다. 그분이 가진 힘을 손톱으로만 쓰셔도 저는 당해 낼 수 없습니다.

- 그렇지, 그 말이 맞지. 내 아우 아리셀리스는 누구도 이기지 못할 힘을 가지고 있어. 그런데 그 힘을 봉인하고 육체의 일에 매여 있다니.

라토가 의자에서 벌떡 일어섰다. 카르멘은 울릭의 얼굴에 실망의 빛이 일렁이는 걸 볼 수 있었다. 라토가 그렇게 힘차게 설 수 있다면 생각보다 기력이 충분하다는 뜻이 된다. 울릭은 중요한 순간에 야망을 숨길 만큼 뻔뻔하지 못했다.

라토가 그 순간 울릭을 보고 웃은 것에는 이미 다 알고 있다는 뜻이 담겨 있었다.

－내 아우는 역시 위대한 사람이야. 본래 이 자리를 차지하고 있어야 하지만 내가 잠시 맡아두고 있었지. 내가 쇠약해지고 그 아이가 왕이 되어야 하니까.

라토가 앙상한 손으로 주먹을 만들어 불끈 쥐자 핏줄들이 요동쳤다. 라토는 그 기운을 견디지 못하고 팔을 떨었다. 팔에서 시작된 떨림이 온몸으로 퍼졌다.

카르멘과 울릭은 그가 넘어질까 긴장하면서 보았다. 그러나 왕을 함부로 만질 수는 없었다. 그런 불경한 짓을 저지르면 아무리 수석 마법사라도 용서받을 수 없는 법이다.

어떻게 신호를 받았는지 하인들이 나타나서 왕을 다시 의자에 앉혔다. 왕은 흥분을 가누지 못해서 고개를 자꾸 떨었다. 울릭은 그 모습이 흥미로운지 눈을 떼지 못했다.

카르멘은 라토가 몰래 예언자들을 찾아갔던 것이 아닐까 의심했다. 그는 예언자들과 예언을 증오했지만 그가 한 말은 예언자가 하는 말과 똑같았다. 왕은 쇠약해지고 아우가 왕이 될 것이다.

왕이 진정되기까지는 많은 시간이 필요했다. 그동안 그는 몸을 떨었고 가끔 입을 벌려 이해할 수 없는 말들을 뱉었다. 유일하게 알아들을 수 있는 말은 동생의 이름 아리셀리스였다.

ㅡ더 전할 말이 있는가?

대답이 없었다.

ㅡ그러면 물러가게.

라토에게서 갑자기 생기가 나오는 것 같았다. 8년 전 혹은 그 이전의 모습으로 잠시나마 돌아간 것처럼 보였다.

ㅡ루비, 루비, 드디어 찾았어. 그동안 우리가 얼마나 내 동생을 찾아 헤맸어? 그대가 나를 위해 몰래 조사한 것도 알고 있지. 내가 동생을 다시 만나고 싶어 하는 마음을 알아서 말이야.

그렇게 말하고 나서 왕은 무심하게 한마디 보탰다.

ㅡ아니면 내가 죽었을 경우를 대비해서겠지.

ㅡ절대로 그렇지 않습니다.

옆에 울릭이 있어서 편하게 말할 수는 없었다.

ㅡ절대로 아니라는 말은 하지 말게, 루비. 세상의 모든 밝은 것들은 어둠을 품고 있어. 그래서 우리가 그 힘을 이용하는 것이잖아? 그대가 그렇게 생각했다고 해도 나는 아무렇지 않네.

왕은 아까부터 카르멘을 루비라고 부르고 있었다. 흔하지 않은 일이었고 좋은 의미는 아니었다. 가문 이름을 부른다는 것은 거리를 두는 행동이었다.

 ―그렇지만.

 ―괜찮다니까. 동생을 마지막으로 만난 지 아주 오랜 시간이 흘렀어. 그때 동생을 바깥으로 나가게 해서는 안 되었지. 멍청한 예언 때문에 동생을 잃은 거야.

 라토는 허공에 떠 있는 발광구를 똑바로 쳐다보았다. 눈이 부신 것도 아랑곳하지 않았다. 그는 과거 속에 머물고 있었다.

 ―마법을 모르는 자들은 우리에게 이렇게 말하지. 당신은 마법사이니 무엇이든 다 하실 수 있겠군요. 그러면 우리는 이렇게 말하도록 되어 있어.

 카르멘도 울릭도 그 대답을 알고 있었다. 마법사라면 누구나 알고 있었다. 어린 시절에 배우는 것들이었다.

 ―아니, 우리가 마법으로 할 수 있는 일은 결국 인간이 할 수 있는 일입니다. 다만 우리는 마법의 흐름으로 시간을 앞당길 뿐이지요. 우리는 죽은 사람을 살리지 못합니다. 나이 든 사람을 젊게 만들지도 못합니다.

 라토는 누가 정말 질문하기라도 한 것처럼 대답을 이어 나갔다.

 ―마법은 세상의 법칙을 거스르지 못합니다. 마법의 힘은

세상에서 나왔으니 세상의 규칙을 따릅니다.

라토는 거기까지 말하고 나서 자신을 지켜보고 있는 두 신하를 보았다. 그리고 그들을 향해 팔을 벌렸다.

─그런데 내 동생은 마치 그 법칙을 부술 수 있는 것 같았어. 그래서 놀라지 않을 수 없었던 거야. 그런데 이 땅에 있을 때는 그런 힘을 선보이지 못했지. 어떤 자가 내 동생의 식사에 힘을 억제하는 독을 타고 있었으니까.

8년 전 라토는 병든 몸으로 돌아오자마자 아리셀리스의 하인을 부르게 했다. 누가 동생에게 그런 짓을 했는지 알아야 했다.

그런데 왕이 돌아온 바로 그날 집을 지키던 아리셀리스의 늙은 하인이 폭사했다. 자살인지 살해인지 알 방법이 없었다. 아리셀리스의 집은 살점과 피로 가득 찼다. 왕은 동생의 집을 수색하고 부수게 했다.

그 과정에서 독약이 발견되었다. 폭사한 늙은 하인의 방에서 나왔다. 누가 그 희귀한 독약을 주고 명령을 내렸는지 확인할 방법이 사라졌다. 어쩌면 늙은 하인도 억울하게 죽은 것이고 일을 꾸민 자가 따로 있을지 몰랐다.

그런 일은 혼자서 저지를 수 있는 것이 아니었다. 분명히 어떤 가문이 개입했을 것이다. 여러 가문이 공모했을 수도 있었다.

그들의 목적은 아리셀리스의 재능을 죽이는 것이었다. 왕을 지키기 위해서라는 것은 말도 안 되었다. 아리셀리스에게 형을 몰아내고 자리를 차지할 욕심은 없었다. 예언을 알게 되자 오히려 홀가분하게 떠났던 동생이었다.

- 나는 동생을 다시 데리고 와야겠어.

- 지당하신 말씀입니다. 그러면.

- 울릭, 자네는 내 창이자 방패이고 사르는 불이야. 그러니 가서 내 동생을 데리고 오게. 거절한다면 강제로라도 내게 끌고 와. 그렇게 한다면 나는 자네가 베푼 은혜를 평생 잊지 못할 거야.

- 분부대로 하겠습니다. 그러나 아리셀리스 님을 강제로 잡는 것이 가능하겠습니까?

- 최대한 많은 부하를 끌고 가게. 모두 여행자처럼 꾸며서 두셋씩 나누어 보낸 다음 한 장소에서 모이게 해. 아리셀리스는 강하지만 한 명의 인간일 뿐이야. 개인이 군대를 당해 낼 방법이야 없지.

카르멘은 제국군을 상대로 대장장이 왕이 벌였던 무모한 전쟁을 생각해 냈다. 대장장이 왕은 그 일로 신의 권능을 잃었다고 했다. 너무 많은 생명을 한꺼번에 거두었기 때문이다. 아리셸리스에게도 그 일이 불가능하다고 느껴지지 않았다.

―그대가 직접 가야 하네. 가서 내 동생과 조카를 데리고
와.

―알겠습니다.

―이만 가 보게.

울릭은 카르멘보다 먼저 나가는 것이 찝찝했는지 머뭇거리
다가 물러났다. 카르멘에게는 가볍게 고개를 숙여서 인사했
다. 카르멘은 건성으로 턱을 움직이고 그가 나가자마자 앞으
로 나섰다.

―라토, 어째서?

―무슨 말을 하려는 거요, 수석 마법사?

왕은 사적인 친구 사이로 돌아갈 생각이 없어 보였다. 카르
멘은 적지 않게 당황했다.

―아리셸리스 님을 부르는 데 군대를 동원하시다니요? 그
것은 역효과만 낼 뿐입니다. 군대는 죽고 아리셸리스 님은 분
노할 겁니다.

―그렇다면 어떻게 해야 하오?

―가서 설득해야지요.

―오래 떨어져 있었지만 그와 나는 쌍둥이지. 우리는 서로
의 생각을 잘 이해하고 있소. 나는 한동안 그러지 못한 것이

사실이지만. 오히려 그가 떠난 이후로 그를 더 많이 이해하게 되었지.

라토의 목소리는 묘한 울림이 있어서 피부를 떨리게 했다. 언어가 전달하는 내용보다 그 떨림이 더 많은 것을 말해 주었다.

─아리셀리스는 이곳에 돌아오고 싶어 해. 나는 누구보다도 그걸 잘 알고 있어. 어째서 자기 아이에게 마법을 가르칠까? 자신이 마법사라는 것을 잊지 않은 거야.

─그렇다면 더더욱 이런 방식은 안 됩니다. 아리셀리스 님이 오해하실 수도 있어요. 군대를 보내서 자기를 제거하려 한다고 생각할 수 있습니다.

─여전히 솔직하지 못하군, 카르멘.

왕은 정말로 유쾌한 듯이 웃었다.

─그대가 걱정하는 것은 그런 일이 아니잖아? 울릭과 다이아몬드 가문은 아리셀리스가 없는 쪽이 좋지. 내가 죽었을 경우도 그렇고 살아 있어도 아리셀리스는 든든한 힘이 될 테니까.

─아시면서 보내셨습니까?

─나는 가문들의 권력 싸움이 지긋지긋해. 사람이 얼마 되지도 않는 이 작은 나라에서 서로 왕이 되겠다고 싸우잖아?

그러니 제국의 품에서 벗어나지 못하는 거야. 분열된 나라만큼 지배하기 쉬운 것이 또 있을까?

왕은 침을 꿀꺽 삼켰다. 카르멘도 덩달아 침을 삼켰다.

－아리셸리스는 그런 상황을 해결할 수 있어. 다만 군대를 보내도 오지 않겠지. 설득해도 오지 않을 거야. 그러니 날 죽이러 오게 만들 수밖에.

－그러면 다이아몬드 가문의 군대는?

－미끼야. 아리셸리스는 그자들을 모두 박살 내 버릴 거야. 그리고 나에게 복수하겠다고 찾아오겠지.

－여기로 오지 않고 다시 도망칠 수도 있습니다.

－분명히 나에게 복수하러 올 거야. 아니면 담판을 지으러 오든가. 그와 나는 형제라니까? 나는 그를 이해할 수 있어.

카르멘은 이해할 수 없었다. 왕의 생각은 정상적인 방식에서 벗어나 있었다.

－그러면 우리의 군대가 죽게 됩니다.

－그들은 울릭이 날 죽이려고 할 때 울릭 편에 설 자들이지. 어차피 내 손가락으로 지휘할 수 있는 자들이 아니야.

－분열은 나라를 약하게 만든다면서요?

－울릭의 부하들이 없어야 분열이 빨리 끝나지. 썩은 부분을 도려내는 게 치료의 시작이야.

왕은 급격히 피로한 기색을 보였고 손을 휘둘러 카르멘을 물러나게 했다. 카르멘은 기쁨과 슬픔을 동시에 느끼면서 나왔다. 왕이 여전히 나라를 다스릴 기력을 가지고 있다는 점은 기뻤다. 그러나 젊은 시절의 총명한 모습이 전혀 남지 않은 친구의 변화가 기쁨을 눌렀다.

카르멘은 다음 날 아침 울릭의 군대가 출발하기도 전에 왕국에서 모습을 감췄다. 그녀가 아침 일찍 말을 타고 쿠오피오의 안개 밭을 가로지르더라는 목격담이 전해졌다.

예언자들은 소수 민족으로

각지를 유랑하면서 박해를 받았다.

그들의 이국적인 외모와 신비한 풍습과

항상 따라다니는 믿을 수 없는 소문이 원인이었다.

그중 가장 심한 것은 그들이 예언 의식을 치르기 위해

어린아이를 납치한 다음 심장을 꺼내

알 수 없는 악신에게 바친다는 것이었다.

그들이 머무는 곳에서 어린아이가 실종되면

범인은 이미 정해진 것이나 마찬가지였다.

의심하는 사람들의 희번덕거리는 눈은

변명을 들을 준비가 되어 있지 않았다.

마법사 왕국이 세워질 때

그들은 마침내 땅을 부여받아 정착할 수 있게 되었다.

그러나 마법사들이 그들을 보는 시선은

예전에 떠돌아다니던 시절과 크게 다르지 않았다.

예언자들은 마법사 왕국 내 제한된 영역에 갇혀 살아야 했고

마법을 배우는 일도 금지되었다.

V

힘이 센 투란이 수상한 두 청년의
정체를 알게 되는 바람에 바닥에 엎드린다

그날은 수상하게 날이 맑아서 날씨의 신이 변덕을 부리는 것 같았다. 하늘이 지나치게 파래서 기분이 개운하지 않은 투란은 막 수확한 감자 바구니를 들고 집으로 가는 중이었다. 바구니의 무게를 지탱하느라 팔의 근육이 도드라져 보였다. 그걸 볼 때마다 며칠 전에 들었던 말이 머릿속에서 자꾸 반복되었다.

－투란은 남자로 태어났으면 장군이 되었을 텐데. 괜히 여자로 태어나서 안타깝게 됐어.

그 말을 한 사람이 누구였는지 확실하지 않았다. 저녁부터 술판을 벌이던 무리 중 하나가 지나가는 투란을 보고 농담으로 지껄인 말이었다. 사람들은 모두 웃음을 터뜨렸다.

투란도 웃어넘기고 지나갔다. 하지만 그때 그 사람 목을 비틀지 않은 것이 계속 후회로 남았다.

마을의 마르고 힘없는 청년들보다는 투란의 팔뚝이 더 굵었다. 울퉁불퉁하고 통나무처럼 굵은 것은 아니었다. 오히려 재빠르게 움직이면서 적당히 힘을 낼 수 있도록 잘 만들어진 근육이었다. 그러나 마을에서 그런 근육은 놀림감이 되는 것 외에 별 쓸모가 없었다.

물론 농사를 지을 때는 유리했지만 그런 근육이 없어도 할 일은 얼마든지 있었다. 힘쓰는 일은 언제나 남자들이 도맡아 하겠다고 나섰다. 투란이 그런 일에 끼어들었다가는 더 큰 놀림감이 될 것이 뻔했다. 그래서 투란은 다른 여자들보다 감자를 많이 담아 오는 일에만 근육을 사용했다.

투란은 남들보다 두 배는 무거운 감자 바구니를 들고 마을 한가운데를 지나고 싶지 않았다. 그러나 집으로 가려면 분명 그쪽이 지름길이라 망설이는 발걸음이 자연스럽게 그쪽으로 방향을 정했다. 투란은 눈에 띄지 않게 서둘러 걷다가 마을 사람 몇 명이 모여 있는 것을 보았다. 그들은 뭔가를 둘러싸고 있었다.

투란은 또 다친 동물 새끼가 실수로 마을에 내려왔나 싶었다. 사람들이 모여 봐야 그 정도 일이었다. 하지만 그런 일이라도 무료한 생활에는 큰 자극이 되었다. 투란도 슬며시 감자 바구니를 내려놓고 가까이 다가섰다.

이번에 마을로 내려온 새끼는 조금 컸다. 정확히 말하면 막

성인이 된 청년 정도의 크기였다. 그것도 하나가 아니라 둘이었다.

덩치가 작은 쪽은 머리카락이 검었는데 투란과 반대로 피부가 하얗고 창백하게 보였다. 투란은 보자마자 재수 없는 귀족 같은 외모라고 생각했다. 그는 바닥에 앉아서 입술을 얕게 깨물고 있었다. 자세를 봐서는 다리를 다친 것 같았다.

옆에 있는 청년은 키가 훨씬 더 컸다. 그는 땀을 흘리고 있었다. 다리가 다친 청년을 업고 마을까지 온 것 같았다. 겉보기에는 마른 것 같지만 자세히 보면 체격이 예사롭지 않았다.

투란은 자신의 건장한 몸을 부끄러워해서 남의 몸을 유심히 보는 버릇이 있었다. 그래서 옷으로 숨겨도 그녀의 눈을 피하기 어려웠다. 그 몸은 군인처럼 다부져 보였다. 다친 사람과는 딴판이었다.

그러나 고개를 들어 얼빠진 얼굴을 보면 생각이 바뀌었다. 군인은커녕 동네에서 시간이나 때우는 청년의 얼굴이었다. 투란의 마을에도 그런 얼간이가 몇이나 있었다.

투란이 사는 마을은 산으로 둘러싸여 있었는데 행정관이 파견되기에는 규모가 너무 작았다. 사실상 마을을 다스리는 사람은 클로파스였다. 그는 젊은 시절 큰 도시의 행정관 밑에서 일했다고 했다. 그 사실을 증명하는 것은 그가 글을 쓰고 읽을 줄 안다는 것 외에 없었다.

클로파스는 농사를 짓지 않고 어설픈 촌장 노릇으로 푼돈을 뜯으며 여생을 즐겼다. 그래서 이미 그 자리에 나와 있었다. 외지인이 오는 것은 흔하지 않은 일이었다. 그들의 삶의 터전은 여행자의 길에서 너무 멀었다.

－당신들은 겉보기에도 우리 제국 사람이 아닌 것 같군그래. 어디에서 왔소?

클로파스가 꾸며 낸 위엄을 담아서 그렇게 물었다. 구경하던 마을 사람들이 모두 놀랐는데 그런 사실을 전혀 눈치채지 못한 탓이었다. 복장이 특이하기에 도시 출신일 줄만 알았던 것이다.

－우리는 스타인 공국에서 제국으로 가는 길이었습니다.

다리를 다친 귀족 같은 남자가 대답했다.

－공국? 공국은 또 뭔가? 스타인 왕국에서 왔다고?

－스타인 왕국은 이제.

남자는 머뭇거리다 서둘러 동의해 버렸다.

－맞습니다. 스타인 왕국에서 왔지요.

－시골 출신이군그래.

클로파스는 다시 위엄을 강조하듯 수염을 쓰다듬었다.

－이분은 스타인의 귀족이고 저는 그 하인입니다.

키가 큰 청년이 얼른 덧붙였다. 클로파스는 귀족이라는 말을 들어도 태도를 바꿀 생각이 없어 보였다. 만약을 대비해서 말투는 조금 공손해졌다.

-스타인의 귀족이군요. 나도 예전에 제국 귀족을 모신 적이 있지.

그는 스타인의 귀족은 귀족으로 여기지도 않는다는 의미를 담아서 말했다. 두 청년은 제대로 알아들은 것 같았다. 그들은 입을 약간 벌리고 어이없다는 듯이 클로파스를 보았다.

투란은 계속 이어지는 대화를 듣고 많은 것을 알 수 있었다. 두 청년은 제국을 여행하기 위해 황제의 대로를 따라 걸었다. 그러다가 길을 조금 벗어나 보고 싶은 마음이 들었던 것이다. 여행의 객기란 원래 그런 것이라고 했다.

검은 머리의 귀족은 산에서 발을 헛디디는 바람에 발목을 심하게 다쳤다. 그래서 키가 큰 청년이 그를 업고 가까운 마을을 찾아서 온 것이다.

투란은 만약 두 사람의 처지가 바뀌었다면 어땠을까 생각했다. 만약 다친 것이 하인이라면 저 귀족도 그를 업고 왔을까? 그냥 버리고 갔을 것이다. 귀족들이란 하인을 온전한 사람의 가치로는 생각하지 않는 법이다.

귀족의 이름은 에이어리라고 했고 하인의 이름은 데스커드였다. 둘 다 특이한 이름이었다. 투란은 스타인 사람들이 이름을 특이하게 짓는 모양이라고 생각했다. 그녀는 이 작은 마을을 벗어나 본 일이 아직 없었다.

클로파스는 여행객들에게 기꺼이 회복할 때까지 쉴 숙소를 제공하겠다고 했다. 물론 공짜는 아니었다. 에이어리라는 귀족은 제국 동전을 가지고 있었다. 외진 마을이라고 그 가치를 모를 정도로 어둡지는 않았다.

클로파스는 손에 닿는 금속의 감촉에 이가 절반만 남은 입을 헤벌쭉거렸다.

– 투란.

투란은 갑자기 자기 이름이 불리자 당황해서 땀이 솟아났다. 검은 머리 귀족과 하인도 고개를 들어 투란을 보았다.

– 이분들을 빈집으로 안내해라. 왜 그 작년에 죽은 그 사람, 그 사람이 살던 집 말이다.

– 마랏 할머니를 말씀하시는 거예요?

– 그래, 나이가 들면 자꾸 이름을 잊어버리지. 산 사람 이름도 잊는데 죽은 사람 이름이야.

모든 것이 정리되자 마을 사람들은 흥미를 잃고 흩어졌다. 공터에는 다친 사람과 하인, 그리고 투란만 남았다.

투란은 자연스럽게 감자 바구니 쪽으로 시선을 돌렸다. 그

것을 본 하인이 얼른 달려가 한 손으로 바구니 손잡이를 잡고 번쩍 들었다.

　-지금 뭐 하는 거예요?

　-도와드리는 겁니다.

데스커드는 바구니를 내려놓을 생각 없이 그렇게 대답했다. 아무리 남자라도 한 손으로 쉽게 들 만한 무게는 아니었다.

　-나 혼자서도 들 수 있는데 왜 돕죠?

　-그건 알고 있어요.

데스커드는 그럴 의도가 아니었지만 힐끗 투란의 근육질 팔을 쳐다보았다. 투란은 이를 물며 화를 삭이고 에이어리는 서둘러 손짓했다.

　-그, 그걸 알면서 왜 돕죠?

　-길 안내를 해 준다니까 고마운 마음이 들어서 돕는 것뿐이에요.

데스커드는 아무도 묻지 않은 말을 몇 마디 더 지껄였다.

　-사제장 가르젠 님은 저보다 훨씬 힘이 세요. 탈와르 님은 그 정도는 아니지만 충분히 강하고 남의 도움을 싫어하시죠. 트라이버 님은 팔이 하나만 남았지만 여전히 거인 같은 힘을 가지셨어요. 그래도 저는 그분들을 돕습니다.

에이어리가 말리는 눈빛을 보냈지만 소용없었다.

─그분들은 자기가 강한 걸 잘 아셔서 제가 도와도 기꺼이 받아들이시죠. 진정으로 강한 사람은 도움을 거절하지 않아요.

─그럼 난 강하지 않다는 말인가요?

데스커드는 거기서 말문이 막혀 버렸다. 그러나 감자 바구니를 돌려줄 생각은 없어 보였다. 투란은 바구니를 받는 대신 앞장섰다. 데스커드는 한 손으로 바구니를 들고 다른 팔로 에이어리를 부축했다.

에이어리가 마을에서는 업히지 않겠다고 미리 일러두었기 때문이었다. 당분간 지낼 마을에서 그렇게 흉한 모습은 보일 수 없었다.

─넌 쓸데없는 말을 너무 많이 해, 데스커드. 사제장과 사제들의 이름을 아무 곳에서나 말하지 마. 생각보다 유명한 사람들이야. 몇 백 년 동안 같은 이름이 이어져 왔다고.

─여기서는 아무도 들어 보지 못했을 거예요.

─그렇다고 해도 조심해야지.

투란은 그들이 속삭이는 이야기를 몰래 들었지만 제대로 듣지는 못했다. 잘은 모르지만 그들은 도망치고 있었다. 둘의 거동을 봐서는 분명 철없는 이유에서 비롯된 일이었다. 투란이 이해한 것은 그 정도였다.

－여기예요.

에이어리와 데스커드는 집을 보자마자 입을 벌렸다. 벽이 서로 어깨를 기대고 서 있는 것만 해도 기적처럼 보였다. 지붕은 짚으로 만든 모자만도 못해서 빗방울은커녕 벌레가 앉아도 가라앉을 것 같았다.

－이게 집인가?

－할머니가 돌아가시기 몇 년 전부터 아프셔서. 그리고 동네 아이들이 자꾸 장난을 치러 와서.

－괜찮습니다. 적당히 수리해서 살면 될 겁니다.

에이어리가 말했다. 그 말투가 너무 정중해서 투란은 그의 첫인상을 싫어했던 것이 미안해졌다. 귀족이면서 평민에게 공손할 필요는 없었다. 투란도 그 정도 세상의 이치는 알고 있었다.

－그러면 제가 사는 곳은 저기 보이는 저 집이니까 이만 가볼게요.

에이어리가 눈짓하자 얼빠진 데스커드는 뒤늦게 감자 바구니를 내밀었다.

－고마워요.

데스커드는 대답하지 못하고 얼굴만 빨개졌다. 투란은 집으로 가는 길 중간에 가끔 뒤를 돌아보았다. 두 사람은 뭐가 신나는지 시끄럽게 떠들며 웃고 있었다.

투란은 저녁을 먹고 나서 괜히 집 밖에 나가 보았다. 오랜만에 불을 피운 옆집은 환하게 빛나고 있었다. 쇠락한 벽 사이의 구멍으로 나오는 빛과 열기가 집을 태울 만큼 강해 보였다.

다음 날 새벽에 투란은 일하러 가다가 다시 한번 놀랐다. 집이 하루 만에 말끔하게 변해 있었다. 오히려 처음 지었을 때보다 상태가 좋아 보였다.

아마 하인의 솜씨일 것이다. 투란은 그렇게 생각했다. 귀족이란 것들은 움직이지 않는 것을 미덕으로 삼아서 뭐든지 남에게 시킨다. 귀족이 낡은 집에 망치질을 할 수 있을 리가 없다.

그러고 보니 망치 소리는 들리지 않았다. 조용한 산골 마을에서 사람이 내는 소리는 뭐든지 크게 들린다. 이상한 일이었다. 근처에 집이라고는 투란의 집뿐인데 망치를 빌리러 온 적도 없다.

투란의 부모님과 할머니와 여섯이나 되는 형제는 이상하게 생각하지 않았다. 그들은 외부인을 그저 신기하게 여길 뿐이었다. 정체를 탐구할 생각까지는 없었다.

-저놈이 코를 고는 소리에 묻힌 거야.

셋째가 다섯째에게 말했다.

－코는 누나가 더 크게 고는데? 누나 코에서 카르세리움 방귀 뀌는 소리가 나는데?

－그럼 너는, 너는 카르세리움이 재채기할 때. 아니, 카르세리움이 널 먹고 나서 트림할 때.

－이 더러운 멍청이들아, 카니세리움이야. 어디 가서 나랑 아는 사이라고 하지 마.

둘째의 말을 듣고 나서 첫째 투란도 생각하기 귀찮아졌다. 머리를 쓴다는 것은 귀족이나 학자들을 위한 일이었다. 그들은 일도 하지 않고 놀기만 하니까 그럴 여유가 있다. 하루 종일 일해야 하는 사람은 저녁에 쉬어야 한다.

며칠 뒤에 투란을 마주쳤을 때 귀족은 먼저 자랑했다.

－어떻습니까? 집을 깔끔하게 잘 고쳤죠? 모두 제 솜씨입니다.

－엣, 하인이 아니라?

－데스커드요? 데스커드는 만드는 재주보다 망가뜨리는 재주가 뛰어나지요.

에이어리의 발에는 붕대가 감겨 있었다. 그는 앞뒤로 흔들리는 이상한 의자에 몸을 맡기고 있었다. 투란으로서는 처음 보는 것이라 주인보다 의자에 관심이 갔다. 에이어리는 예민하게 그 기색을 알아챘다.

－아, 이것도 제가 만들었습니다. 어때요, 하나 만들어 드릴
까요?

투란은 스타인의 귀족들이 모두 그렇게 스스럼없는지 확신
할 수 없었다. 마을에는 귀족이 없었지만 어쩌다 만나게 되는
제국의 귀족들과는 달랐다. 그들은 평민과 직접 말하지도 않
으려고 했다.

－아니요, 그렇게 좋은 물건을.

－별로 대단하지 않아요. 금방 만들 수 있어요.

－그래도 아무 대가 없이.

－대신 부탁이 하나 있습니다.

에이어리는 실실 웃으며 눈을 빛냈다.

그렇게 해서 투란이 일하러 가는 길에 데스커드가 동행하
게 되었다. 데스커드가 농사일을 궁금해하니 며칠 함께 일할
기회를 달라는 것이었다. 오히려 투란이 대가를 지불해야 할
일이었으나 에이어리는 간절하게 부탁했다. 그 덕분에 얻은
의자는 할머니와 부모님이 번갈아 차지해서 투란에게 앉을
기회가 오지 않았다.

투란은 데스커드가 어마어마하게 힘이 세다는 것을 알게
되었다. 마을에서 힘깨나 쓴다고 자랑하는 인간들은 댈 것도

아니었다. 어떻게 그 마른 몸에서 그런 힘이 솟아나는지 모를 일이었다. 게다가 잘 지치지도 않았다.

투란이 물으면 그는 수줍게 웃으며 대답했다.

─가르젠 님과 탈와르 님 덕분이에요. 그분들이 저더러 맨손으로 카니세리움 따귀를 때려야 한다고 하셨어요. 그분들도 못 하시면서 말이에요. 그래야 대장장이.

데스커드는 갑자기 입을 다물었다.

─대장장이?

─아무것도 아닙니다. 대장장이보다 힘이 세다는 소리를 들으려면, 그 정도 힘은 되어야 한다고요.

데스커드와 에이어리는 분명히 숨기는 것이 있었다. 투란이 복잡하게 생각해 보지 않아도 금방 알 수 있었다. 반면 마을의 다른 사람들은 관심이 없었다.

사실상 마을을 다스리는 클로파스는 제국 동전에 만족했다. 그가 그 돈을 어디에 쓸지 알 수 없었다. 마을 전체를 위해 쓸 것 같지는 않았다.

마을 사람들은 귀족과 친하게 지내려 하지 않았다. 애초에 다리를 다친 에이어리는 집 근처를 벗어나지 못했다. 데스커드는 아침부터 저녁까지 투란과 함께 있었다.

그러고 보니 이제 다른 사람들은 투란을 놀리지 않았다. 데스커드가 그런 사람들을 한 번 노려본 적이 있었는데 눈에서 살기가 돌았다. 마을 사람들은 진짜 사람을 죽여 본 사람의 눈이라고 멋대로 떠들었다.

투란은 매일 가르젠이 어쩌고 탈와르가 저쩌고 하면서 데스커드가 훈련받은 내용을 들었다. 아무리 들어도 평범한 하인이 받을 교육은 아니었다. 그 귀족은 왜 하인에게 그런 교육을 받게 했을까?

그 무렵 돌기 시작한 소문은 데스커드가 마을에 정착할 것이라는 내용이었다. 투란의 신랑이 되어 마을에 남고 귀족 혼자 떠난다고 했다. 투란은 처음 그 말을 들었을 때 너무 당황해서 화도 제대로 못 내었다.

그러는 사이 에이어리의 다리는 점점 좋아졌다. 이제는 절뚝거리며 걷는 것도 가능했다. 투란은 귀족의 다리가 낫는 순간 두 사람이 떠나리라는 것을 알고 있었다. 티는 내지 않으려고 했지만 그래도 서운한 감정이 계속 솟아나기는 했다.

언젠가 데스커드도 이런 마을에 정착해서 살면 얼마나 좋을지 이야기했다.

- 그러면 그렇게 하면 되잖아요?

- 저에게 주어진 임무는 한없이 무거운 것이라 마음대로 벗지 못합니다.

104

그렇게 말할 때 데스커드의 표정과 말투는 돌변했다. 투란은 놀라서 더 깊게 파고들지 못했다.

투란의 어머니는 가끔 이웃 청년들을 걱정했다. 젊은 귀족과 남자 하인이 뭘 먹고 사는지 도통 알 수 없다는 것이었다. 도시에서는 사 먹을 음식이라도 있지 이곳에서는 자급자족이 원칙이었다.

투란은 얼굴색이 좋아 보이는 것을 보면 괜한 걱정이라고 투덜댔다. 그러나 어머니는 가끔 먹을 것을 챙겼다. 그날은 삶은 감자에 닭고기를 찢어 넣은 것이었는데 흔한 음식이 아니었다.

－그분들이 우리를 도와주시니 이거라도 드리고 와야 된다.

묵직한 나무 그릇이 투란의 손바닥에 놓였고, 투란은 앞으로 일어날 일을 모르고 불평하며 집을 나섰다. 그리고 두 남자의 집으로 접근했다.

나무로 된 벽은 소리를 전부 차단하지 못해서 둘의 대화 내용이 흘러나왔다. 투란은 자기 이름이 불리는 것을 분명히 들었다. 그래서는 안 되지만 훔쳐 듣고 싶은 마음이 생겼다. 일부러 소리를 죽이며 벽으로 다가섰다.

－왕이시여. 어째서 안 됩니까?

왕? 투란은 침을 꿀꺽 삼키고 싶었지만 소리가 들릴까 봐 참았다. 입에 고인 침이 한없이 불편하게 느껴졌다.

　- 데스커드, 지금까지 단 한 번도 그랬던 적이 없어. 사제는 항상 남자였지.

　- 하지만 대장장이 왕께서 명령하시면.

　- 이 왕께서 명령하시면 가르젠이 팔뚝을 뽐내면서 또 안 된다고 하겠지. 그건 안 됩니다, 왕이시여. 저랑 싸워서 이긴 다면 또 모를까. 저런, 제 주먹 한 방을 못 버티시는군요.

　그 순간 잠기지 않은 문이 활짝 열리고 바닥에 그릇을 내려 놓는 동시에 투란이 바닥에 엎드렸다. 재주껏 내팽개쳐진 그릇 속의 음식은 땅에 떨어지지 않고 무사했다.

　- 대장장이 왕이시여.

　난감해진 에이어리는 데스커드를 째려보았다.

　- 너 때문에 들켰잖아?

역대 대장장이 왕들에게는 별명이 하나씩 있다. 그들이 직접 정한 것이 아니라 사람들이 지어 부르던 것이다.

초대 대장장이 왕은 대장장이 신과 대면해 직접 대화를 나눌 수 있다는 풍문이 돌았다. 이후의 어떤 대장장이 왕도 하지 못한 일이었다. 그래서 그는 듣는 사람이라고 불렸다.

6대 대장장이 왕은 시간이 남을 때마다 친구인 용을 만나서 놀러 다녔다.

그래서 그의 별명은 자연스럽게 용의 친구가 되었다.

17대 대장장이 왕은 아무 일에도 참견하지 않고 신전 안에서만 머물렀는데 그보다 앞서 왕이 되었던 사람이 일주일도 채우기 전에 죽은 탓이었다.

그는 방관자로 불렸다.

반면 31대 대장장이 왕은 제국의 침략 의지에 적극 개입해 참견꾼이라고 불렸다. 제국 군대를 물리친 다음부터 제국에 한해 학살자라는 별명이 붙기도 했다.

32대 대장장이 왕은 나중에 수다쟁이라고 불리게 되는데, 그가 왕의 위엄보다 하고 싶은 말을 전부 다 하는 것을 더 중요하게 여겼기 때문이다.

VI

학자로 불리는 것이 더 어울리는 플리니 대공이
옛 제자를 앞에 두고 자신의 의견을 피력한다

대공은 바람을 맞으며 창 너머 세상을 보고 있었다. 만약 바람처럼 빠르게 달릴 수 있다면 순식간에 시야의 한계까지 닿을 것이다. 그곳을 넘어 장애물처럼 솟은 숲과 바위를 좌우로 피하며 달리면 옛 스타인 왕국의 수도가 나온다.

그곳에는 대공의 제자도 한 명 있었다. 영특하지만 세상을 바꿀 수 없어 대신 자기 몸을 술에 절이느라 인생을 낭비하는 젊은이였다.

대공의 성 뒤에는 땅을 뒤집어 세운 것 같은 바위산이 솟아 있었다. 뒤에 두고 있으면 거인을 거느린 것처럼 든든해졌다. 앞에는 잎이 날카로운 숲 위로 촉감이 날카로운 바람이 불었다. 그의 영지에는 부드러운 것이 도무지 존재하지 않는 듯싶었다.

플리니 공국이라고 불리게 된 땅은 본래 스타인의 힘이 거의 미치지 않았다. 사람이 살기에는 척박한 데다 일 년 내내 날씨가 춥고 우중충했다. 사람이 드문 곳에 괴물이 번성하는 것은 당연한 일이었다.

다른 지역에서는 괴물이 사람을 피했다. 괴물은 사람의 존재 자체를 못 견디는 것처럼 구석으로 숨어들었다. 그러나 이곳에서는 그렇지 않았다. 괴물은 사람을 죽이고 또 죽이며 그곳이 자신들의 영토라고 주장했다.

한때 제국 대학에서 가장 명성이 높은 박물학자였던 그에게는 최고의 땅이었다. 그는 몸소 집필한 생물 사전의 오류를 이곳에서 많이 확인할 수 있었다.

그는 필수적으로 공무에 사용하는 시간을 빼면 모든 시간을 연구에 바쳤다. 딱히 예언자가 아니더라도 플리니 공국이 영원하지 않을 것을 예상할 수 있었다. 권력에 집착하면서 머리가 혼미해지지 않는 사람은 없다. 그러니 지금부터 대공의 자리를 잃는 연습을 해 두어야 했다.

플리니 대공은 오전 내내 매달렸던 카니악 해부를 마친 참이라 조금 지쳐 있었다. 손님에 대한 소식을 들은 것은 겨우 숨을 돌릴 여유가 생긴 직후였다. 그는 급하게 대공의 지위에 걸맞은 새 옷으로 갈아입었다. 전에 입고 있던 옷에서는 괴물 비린내가 났다.

그러나 손님이 막상 도착한 것은 저녁 시간이 지난 다음이었다. 대공은 그들을 알현실에서 맞이했다.

레푸스와 마르쿠스는 초라한 모습으로 나타났다. 며칠간 제대로 씻지도 못하고 자지도 못한 고생이 얼굴에 그대로 드러났다. 심지어 레푸스는 볼이 홀쭉해진 것처럼 보였다. 플리니는 가만히 앉아서 맞이할 수 없어서 일어나 그들에게 다가갔다.

- 오셨습니까?

- 먼저 오시지는 않을 것 같아서요.

레푸스는 불퉁스러운 말로 자신의 감정과 의도를 전부 설명해 버렸다. 플리니는 빙그레 웃으며 마르쿠스 쪽을 보았다.

- 잘 지내셨습니까, 대공?

- 과분하게 잘 지냈습니다. 저와 함께 저녁을 드시지요.

- 기꺼이 그렇게 하겠습니다.

마르쿠스는 정말로 즐거운 듯이 보였다. 그는 레푸스와 플리니 사이의 갈등을 중재할 생각조차 없는 것 같았다.

식사 시간 내내 레푸스는 한마디도 하지 않았다. 그리고 자신의 앞에 놓인 붉은 액체의 유혹에 넘어가지도 않았다. 생각 같아서는 위장에 단번에 털어 넣고 싶었지만 몸을 떨며 자제했다. 플리니는 마르쿠스와 환담을 즐기면서도 그 모습을 놓치지 않았다.

식사를 마치고 두 손님은 서재로 안내를 받았다. 레푸스는 서재에 들어서자마자 반응을 보였다. 서재의 규모나 구성이 예전에 보았던 것과 비슷한 탓이었다. 플리니가 서기관 시절 사용했던 서재를 그대로 옮겨 놓은 것 같았다.

플리니 대공의 삶은 수수하지도 화려하지도 않았다. 그는 대공으로서의 품위를 유지할 수 있는 최소한의 기준을 찾은 듯했다. 출세해서 자신을 버린 스승을 욕하던 레푸스는 부끄러움을 느꼈다.

- 마침 잘 오셨습니다. 오늘 막 발견한 사실이 있는데 여러분께 가장 먼저 알리게 되겠군요.

- 하지만, 대공. 우리의 방문에는 목적이 있습니다.

마르쿠스가 레푸스를 대신해서 나섰다.

- 알고 있습니다. 그러나 밤은 길지 않습니까? 식사 후에 곧바로 무거운 이야기를 하면 제 낡은 위장이 버티지 못합니다.

플리니는 돌돌 말려 있는 커다란 종이 뭉치 두 개를 가지고 왔다. 어디선가 조수가 나타나 플리니가 벽에 종이를 거는 것을 도와주었다. 작업이 끝나자 양쪽에 나란히 걸린 그림을 비교할 수 있었다. 왼쪽 그림은 해부도처럼 보였고 오른쪽 그림은 서툰 화가의 그림 같았다.

레푸스는 처음에 관심 있게 보았으나 도무지 무슨 내용을 말하려는지 예상이 가지 않아서 금방 시들해졌다. 그는 요새 박물학에 손을 놓고 있었다.

－부하들이 말하기로는 오는 길에 카니악의 습격을 받으셨다고요?

플리니는 아무렇지도 않은 일인 것처럼 평온하게 물었다.

－그렇습니다. 이쪽 괴물들이 더 독하다고 들었지만 정말 그렇더군요.

마르쿠스는 정말로 버거운 일을 겪기라도 한 것처럼 말했다.

－길에서 괴물을 쫓아내지 못한 제 불찰입니다.

－누가 그런 일을 할 수 있겠습니까? 스타인 대왕이 살아 돌아온다고 해도 불가능할 겁니다.

스타인 대왕의 피를 열두 방울이나 가지고 있었던 왕자는 이야기에 끼어들지 않고 손을 떨었다.

－이곳에서 카니악은 개처럼 흔합니다. 물론 개처럼 사람이 데려다 기를 수는 없습니다. 한번 쓰다듬어 주고 나면 손목부터 없어져 있을 테니까요.

마르쿠스는 그 농담이 정말 재미있는 것처럼 껄껄 웃었다. 레푸스는 입맛만 다시고 있었다.

- 이쪽 그림이 바로 카니악의 해부도입니다. 이걸 그리기 위해 희생시킨 카니악이 수십 마리라 크게 틀리지는 않을 겁니다. 오른쪽이 무엇을 그린 것인지 아시겠습니까?

- 글쎄요, 솜씨가 조악하지만 무시무시한 괴물을 그리려고 했다는 건 알겠군요. 그런 종류의 괴물은 많지 않으니 저도 짐작할 수 있겠네요. 카니세리움 아닙니까? 직접 본 적은 없지만 소문으로 들은 모습과 비슷합니다.

- 맞습니다, 마르쿠스 님. 괴물 중의 괴물로 불리는 카니세리움입니다. 다른 지역보다 이곳에서 그나마 흔하게 발견되는 괴물이지요. 어떤 마을에서는 카니세리움을 영물로 여겨 제물을 바치는 경우도 있습니다.

- 제물을 바친다고요?

- 인신 공양이지요. 제비를 뽑아서 희생자를 정합니다. 아니면 아직 결혼하지 않은 처녀를 바치지요.

- 정말 끔찍하군요.

- 그래서 막으려고 하고 있지만 저들은 통치자의 명령에도 쉽게 저항합니다. 이곳은 자신들만의 문화를 지키려는 의식이 강한 곳입니다.

레푸스와 마르쿠스도 잘 알고 있는 사실이었다. 스타인 왕국 시절에도 이곳은 제대로 된 행정력이 미치지 않아 문제가 되었다. 그들은 억지로 굴종할 뿐 스타인 국민이라는 의식이 없었다.

ㅡ그래서 카니악과 카니세리움을 나란히 보여 주시는 이유가 따로 있습니까?

마르쿠스의 질문은 레푸스의 입에서 막 나오려다 만 것과 같았다.

ㅡ우리가 사용하는 생물의 이름은 사실 옛말에서 온 것입니다. 시간이 지나도 이름을 함부로 바꾸지 못했습니다. 이름에 힘이 깃들어 있다는 오래된 믿음 때문이지요. 이름을 바꾸는 것은 큰 변화를 의미했습니다.

플리니 대공은 반응을 살핀 다음 말을 이었다.

ㅡ지배 아니면 멸종, 함부로 이름을 바꾸면 그 결과가 어느 쪽이건 무시무시하다고 여겼지요. 그리고 보면 카니악과 카니세리움의 이름이 비슷하지 않습니까? 카니악의 최대 서식지인 이곳은 카니세리움이 가장 많이 발견되는 곳입니다. 결론부터 말하자면 카니악과 카니세리움은 같은 종입니다.

플리니는 힘주어 덧붙였다.

ㅡ카니악은 카니세리움의 새끼입니다.

ㅡ어떻게 그런 말도 안 되는.

레푸스가 참지 못하고 소리를 냈다. 플리니가 그의 박물학

117

자적 기질을 다시 깨워 낸 것 같았다. 레푸스의 손이 전보다 격렬하게 떨렸다.

－말이 안 될 게 뭐가 있습니까?

－생김새가 다른 거야 그렇다 치더라도 카니악은 개처럼 흔합니다. 그렇다면 어째서 카니세리움이 그렇게 흔하지 않은 겁니까? 그리고 어째서 둘 사이를 연결하는 중간 개체가 발견되지 않은 겁니까?

－당연히 모든 카니악이 카니세리움이 되는 것은 아닙니다. 아무래도 선택받은 일부 개체만 그렇게 되는 것 같습니다. 중간 과정을 발견하기 어려운 것은 카니세리움의 속성을 생각하면 당연합니다. 카니세리움은 집과 무덤을 숨기기로 유명하니까요.

플리니는 설명을 이어 나갔다.

－애벌레가 번데기가 되듯이 성체가 될 때 보금자리를 만들어 몸을 숨기는 겁니다. 하물며 그 일이 이곳, 사람의 힘이 잘 닿지 않는 곳에서 일어난다면 알 수 없지요. 그래서 지금까지 몰랐을 뿐입니다. 죽어서 발견된 중간 개체가 있어도 카니세리움 새끼라고 생각했지요.

－믿을 수 없습니다.

－그러나 꽤 결정적인 증거가 있습니다.

플리니는 서재로 가서 책 한 권을 뽑아 왔다. 그는 본래 책을 아끼는 사람이나 그 책은 더더욱 조심스럽게 다루었다. 세게 만지면 부스러지기라도 할 것처럼 굴었다.

–이건 세상을 떠난 친구가 남긴 카니세리움에 대한 책입니다. 이제 세상에 몇 권 남아 있지 않습니다. 여길 보시면 카니세리움의 해부도가 있습니다.

그다음부터 플리니가 설명한 내용은 마르쿠스의 이해 능력을 넘는 것이었다. 플리니는 흔적 기관이라는 것에 대해 말했다. 카니세리움 입천장에 달린 퇴화한 기관은 산성 물질을 발사해 먹이를 제압하기 위한 것이었다. 지금은 기능하지 않는 그 기관이 카니악에게서도 발견된다는 것이다.

–제가 해부해 본 많은 괴물과 동물 중 단 한 종에만 그것이 존재합니다. 카니악입니다. 그런데 제 동료가 해부한 카니세리움 사체에서도 그것이 있었습니다.

–그것만으로는 확실하지 않습니다.

–그렇다면 무엇이 확실합니까?

플리니가 빙그레 웃으며 물었다. 그는 다시 스승이 된 듯했고 레푸스는 제자가 된 기분이 들었다.

–이 나라가 다시 하나가 되어야 한다는 점입니다. 제가 이 나라를 다시 하나로 만들 거라는 사실입니다.

뜻밖의 말을 들은 플리니와 마르쿠스는 바로 대답하지 못했다. 시간이 지나자 플리니가 하인을 불렀다. 아까 조수 역할을 하던 젊은이가 나왔다. 레푸스는 잘 알지도 못하는 그에게 괜히 적개심을 느꼈다.

－오늘은 이미 늦었습니다. 여행 때문에 피곤하실 테니 그만 쉬십시오. 그 이야기는 내일 건강한 정신과 몸으로 해야 하지 않겠습니까?

레푸스는 뭔가 따지려다가 그대로 순응해 버렸다. 플리니는 서재에 남고 레푸스와 마르쿠스는 숙소로 안내를 받았다.

레푸스는 자기 전 뜨거운 물에 몸을 담갔다. 처음에는 피부가 못 견디게 따갑다가 진정되었다. 며칠 동안 술을 마시지 못한 탓일 수도 있었다. 아니면 이 지방의 칼바람이 피부에 보이지 않는 상처를 냈을 것이다.

아침에 일어났을 때 레푸스는 손의 떨림이 멎은 것을 알아차렸다. 이유는 여러 가지일 수 있었다. 그는 복잡하게 생각하지 않고 변화를 기쁘게 받아들였다. 아침 식사를 왕성한 식욕으로 끝마치고 플리니를 만나러 갔다.

－어젯밤은 편히 쉬셨습니까?

대공의 물음에 마르쿠스가 웃으며 대답했다.

－눈을 감았다 떴을 뿐인데 아침이 되어 있더군요.

레푸스도 맞장구를 쳤다. 플리니는 하인에게 차를 내오게
했다. 쌉쌀하면서 묘하게 코를 간지럽히는 냄새가 났다. 마시
면 달콤한 맛이 나는데 설탕을 넣어서는 아닌 것 같았다.

－무슨 차입니까?

마르쿠스가 마음에 들었는지 눈을 빛내며 물었다.

－정해진 이름은 없습니다. 스타인이나 제국에는 알려지지
않은 식물 종이니까요. 여기 사람들은 괴물 손이라고 부르더
군요.

레푸스가 얼굴을 찌푸렸다.

－이 땅에서는 식물 이름 하나에도 괴물이란 말이 꼭 들어
가야 하는 겁니까?

－이파리 모양이 꼭 오그라든 손가락 같아서요. 직접 보면
무시무시해서 괴물이란 말이 붙을 법도 합니다.

그들은 잠시 평안한 시간을 누렸다. 두 여행자의 옷은 다시
말끔한 귀족의 옷으로 바뀌어 있었다. 오히려 플리니 대공의
옷만 수수하게 학자 같은 인상을 풍겼다. 그러니 세 사람 모두
스타인 왕국 시절을 떠올리는 것도 무리는 아니었다.

－어제 들려주신 이야기는 참으로 놀라웠습니다. 카니악과
카니세리움이 같은 종이라니요. 그런데 밤새 아무리 고민해
보아도 이해가 가지 않는 것이 있더군요. 흔해 빠진 카니악 중

에서 누가 성장하게 되는 겁니까?

마르쿠스가 레푸스의 따가운 시선을 느끼면서 그렇게 물었다. 레푸스는 얼른 본론으로 들어가고 싶은 초조함을 숨기지 않았다.

-참으로 좋은 질문입니다. 아직 거기에 대해 대답해 드릴 수 없는 것이 안타깝습니다. 그러나 추측할 수 있는 것은 카니악 무리가 철저하게 서열을 따른다는 점입니다.

플리니는 레푸스의 얼굴을 보며 계속 말했다.

-역시 카니악 무리의 우두머리가 우선적으로 변한다고 생각해야 마땅하겠지요. 실제로 무리의 우두머리는 다른 개체들보다 덩치가 더 큽니다.

-오는 길에 대공과 저를 습격했던 무리 중에도 우두머리가 있었습니다. 생각해 보니 그 거만한 녀석만 덩치가 컸던 것 같습니다.

-그렇게 덩치가 커지는 것이 카니세리움으로 변하기 전의 전조일 수도 있습니다. 그렇다면 다른 카니악들이 따르는 것도 당연하지요.

이야기가 끝날 조짐이 보이지 않자 레푸스가 성급하게 나섰다.

-카니세리움 따위는 어떻게 되어도 좋습니다. 제가 어제

말씀드린 이야기가 더 중요하지 않습니까? 우리가 여기까지 도둑처럼 몰래 온 이유를 아시지 않습니까?

– 중요한 이야기라면.

플리니 대공은 말을 끊고 차를 한 모금 마셨다.

– 스타인을 다시 하나로 합쳐서 제국의 지배에서 벗어나는 일 말씀이십니까?

막상 그렇게 묻자 레푸스는 말문이 막혔다. 플리니 대공은 긍정적인 대답을 들은 것처럼 계속 말했다.

– 그러나 제국은 우리를 놓아줄 생각이 없습니다. 아무리 유능한 사람을 보내도 황제를 설득할 수 없겠지요. 유일한 방법은 무력을 사용하는 것입니다. 그런데 여섯 공국이 힘을 합친다 한들 제국을 이길 수 있을까요?

– 그렇다고 시도도 하지 않을 수는.

– 그러고 보니 여섯 공국이 힘을 합치는 것부터 불가능하겠군요. 아크마트 대공은 처음부터 황제의 신하로 파견된 사람입니다. 대공의 사촌 오레스테스가 기꺼이 협력해 줄까요? 피가두 대공이야 일단 사위 편을 들지도 모르겠지만 르네는 어떻습니까?

– 꼭 다 모이지 않아도 됩니다.

– 그러면 양팔이 없는 전사와 같지 않겠습니까?

-그러면 이대로 대공의 지위를 누리며 살겠다는 말씀이십니까?

레푸스가 자리에서 벌떡 일어섰고 붉은 얼굴은 금방이라도 터질 것 같았다. 플리니 대공도 자리에서 일어났다. 그러나 그는 화가 난 것이 아니었다. 레푸스에게 다가서서 그의 양손을 잡았다.

-제가 황제의 제안을 받아들인 것은 노욕을 부리기 위해서가 아닙니다. 땅의 한 조각이라도 더 왕자님의 편으로 채우기 위해서이지요. 그동안 교류하지 않은 것도 황제를 자극하지 않으려는 목적이었습니다. 때가 되면 직접 오실 거라고 생각했지요.

그렇게 나오자 레푸스가 당황해서 플리니에게 사죄하지 않을 수 없었다. 마르쿠스는 자신이 필요 없다는 판단이 들면 철저히 기척을 숨겼다. 그래서 방에는 정말 두 사람만 있는 것 같은 분위기가 감돌았다.

-대공의 말씀이 모두 맞습니다. 어떻게 해도 이 나라는 다시 하나가 될 수 없어요. 이렇게 각자의 이익을 위해 투닥거리다가 제국에 흡수될 겁니다.

레푸스가 절망에 차서 울부짖듯이 말했다.

-꼭 그렇게 볼 수는 없습니다.

- 무슨 말씀입니까?

- 우리가 가진 힘으로는 제국을 이길 수 없겠지요. 그러나 방법이 없는 것은 아닙니다. 자연은 인간을 사색가로 만들어 불가능한 일에 대해 생각해 보게 만들지요.

- 방법이 있다고요?

레푸스는 어지러워 자리에 앉았다. 숨을 거칠게 쉬느라 가슴이 들썩거렸다. 플리니 대공은 자기 의자로 돌아가지 않고 여전히 그 자리에 서 있었다.

- 그렇습니다.

- 그 지혜를 나누어 주십시오, 대공.

마르쿠스가 숨을 헐떡이는 레푸스를 대신해서 부탁했다.

- 간단합니다. 단 두 사람만 모셔올 수 있다면 제국으로부터 독립할 희망이 생깁니다.

- 겨우 두 사람이요?

레푸스가 믿을 수 없다는 듯이 물었다.

- 그렇습니다.

- 그 두 사람이 누굽니까?

- 아리셀리스와 에이어리. 그 둘만 있으면 제국과도 맞설 수 있습니다.

- 그들이 대체 누굽니까?

- 제국에 풀어 놓은 정보원 같은 것이 없으십니까?

- 정보원이요?

플리니는 살짝 고개를 흔들었다. 이 야망에 찬 젊은이에게는 구체적인 실행력이 부족했다. 꼼꼼하게 챙기는 사람이 곁에 있어야 큰일을 이룰 수 있는 부류였다.

- 아무튼 그렇다면 얼른 그 두 사람을 데리고 옵시다.

- 두 사람 중 한 사람은 쉽게 힘을 빌려주지 않습니다. 한 사람은 지금 어디에 있는지 아는 사람이 아무도 없지요.

레푸스의 얼굴은 금세 실망으로 일그러졌다.

- 그들 중 하나인 에이어리는 제가 기억하기로는 분명.

마르쿠스가 말을 끝맺지 못해서 플리니가 거들었다.

- 대장장이 왕입니다. 그리고 다른 한 명은 세상에서 가장 강력한 마법사입니다.

대장장이 왕의 역할은 신으로부터 권능을 받은 다음

신전을 지키다가 수명을 다하는 것이다.

왕이라고 불리고, 왕으로 대접받지만

다스릴 사람도 없고 영토라고 부를 만한 것은

신전 주변의 작은 땅이 전부다.

그 원칙을 처음으로 깬 사람은 11대 대장장이 왕이었는데

신전 아래를 지나는 산적들로부터

사람과 재물을 구해 주었다가

복잡한 정치적 상황에 말려들었다.

그는 이왕 일이 어그러진 김에

적극적으로 문제 해결을 위해 나서게 되는데,

이때 자신의 의지를 상징하는 물건으로 유명한

황금 단검을 만들었다.

이후로 대장장이 왕이 현실 정치에 개입하는가는

전적으로 왕의 의지에 맡겨졌다.

17대 대장장이 왕은 방관자라는 별명에서 알 수 있듯이

신전 밖으로 나오는 일도 거의 없었다.

VII

마음이 급한 가르젠이 하루 사이에
서로 다른 두 무리를 만난 끝에 목적지를 정한다

성인이 되자마자 상의도 없이 신전을 탈출해 버린 에이어리를 쫓는 사람은 두 명이었다. 한때 대장장이 왕이었고 지금은 대장장이 왕의 스승인 오카브와 그를 처음 신전으로 데리고 왔던 사제장 가르젠이었다. 에이어리가 선택했을 법한 길도 두 갈래였다. 신전 북쪽으로 향하면 젤레즈니 왕국이 나왔고 동쪽으로 가면 제국 땅이 끝없이 펼쳐졌다.

오카브는 황제가 가장 잡고 싶어 하는 수배자라 제국에 들어가는 것은 위험한 일인 데다가 그의 눈길도 젤레즈니로 향해 있었다. 그래서 자연스럽게 가르젠이 제국 쪽을 맡았다. 그는 젊은 오카브보다 두 배는 빠른 속도로 걸으면서도 쉽게 지치지 않았다.

두 사람의 길이 나뉜 날 밤에 오카브는 다사라는 이름을 가진 현상금 사냥꾼에게 사로잡혔다. 가르젠은 그 사실을 알지 못한 채 다음 날 해가 뜨자마자 오카브와 거리를 벌리며 힘차게 전진했다.

제국에 가는 일은 처음이 아니었기에 대충 주위만 둘러보아도 자신의 위치를 파악할 수 있었다. 그는 항상 그랬듯이 태양의 위치를 확인하고 북서쪽에 해당하는 방향으로 고개를 돌렸는데 거기에 높고 가는 탑이 솟아 있어서였다. 옛날 대장장이 왕 중 하나가 고리 던지기용으로 세웠다고 전해지는 유적은 이정표 역할도 했다.

그런데 그 자리에 탑이 없었다. 가르젠은 나이 때문에 눈이 침침해졌나 싶어서 눈을 비비고 다시 보았다. 그러나 여전히 탑은 없었다. 가르젠은 그 일에 에이어리가 개입했을 거라고는 상상도 하지 못하고 작은 실망감을 느꼈다.

가르젠이 작은 바위에 앉아서 육포를 질겅질겅 씹고 있는데 저 멀리서 오는 일행이 보였다. 사라진 탑이 있던 쪽이었다. 여행이 길었는지 낡은 옷을 입고 있었고 남녀노소가 섞여 있었다.

그들은 우는 소리를 냈는데 자연스러운 것이 아니라 마치 장례를 위한 것처럼 과장스러웠다. 아니나 다를까 가까이 왔을 때 보니 장정 네 사람이 일행 가운데에서 나무로 만든 허름한 관 양쪽에 막대를 매달아 앞뒤로 메고 가는 중이었다.

가르젠은 겉보기보다 호기심이 많은 사람이라 그 장면을

지나칠 수 없었다. 앞에 가는 사람 중 하나에게 말을 걸었다.

－무슨 일입니까?

상대는 들은 척도 하지 않고 계속 걸었다. 가르젠의 말을 일부러 무시하고 있는 것이 분명했다. 가르젠은 자기의 덩치만큼이나 우렁찬 목소리로 다시 한번 물었다.

－무슨 일입니까?

그러자 일행 전체가 벼락을 맞은 것처럼 한꺼번에 멈춰 섰다. 처음 가르젠이 말을 걸었던 사람이 대장이나 그 비슷한 사람이었는지 모두에게 알렸다.

－여기에서 잠깐 쉬었다 갑시다.

그는 일행을 앉혀 놓고 가르젠에게 다가왔다.

－무엇이 그렇게 궁금합니까?

－이 근처의 마을이라면 전부 알고 있는데 그와 동떨어진 곳에서 장례 행렬이 나타났으니 신기할 수밖에요.

－우리는 순례자입니다. 제국의 박해를 피해 대장장이 신의 성물을 찾으러 왔습니다.

그러고 나서 그들이 길고 뾰족한 탑 아래에 임시로 거처하게 된 이야기가 나왔다. 그런데 이틀 전 젊은 악마 둘이 나타나서 탑을 부수었다가 하룻밤 사이에 다시 세웠다고 했다.

가르젠은 거기까지 듣고 어렵지 않게 전말을 추측해 낼 수 있었다. 탑을 무너뜨렸다가 다시 세울 수 있는 젊은 악마는 그가 알기로 단 한 명뿐이었다.

─그럼 악마가 당신들의 지도자를 죽였습니까?

가르젠은 에이어리와 데스커드가 어떤 경우에도 그런 짓을 저지르지 않을 줄 알면서 시치미를 떼고 물었다.

─그들은 잔악한 함정으로 우리의 지도자를 죽였습니다.

가르젠은 더 자세하게 알려 달라고 청했고 상대도 내친김에 이야기를 멈추지 않았다.

그러니까 에이어리와 데스커드가 탑을 고쳐 놓고 떠났을 때 마지막 못이 문제였다. 에이어리는 탑의 중심이 되는 못을 잃어버려서 흙으로 같은 모양을 만들어 끼워 넣고 떠났다. 다음 날 아침 탑이 멀쩡하게 고쳐진 것을 보고 한참 관찰하던 지도자는 그것이 마음에 걸렸던 모양이다.

─거기만 색깔이 다른 것은 악마의 간교한 술책이었습니다. 한 가지 색으로 온전히 만들어진 탑에 오점을 만들어 성스러운 기운을 사라지게 만들 목적이었던 거지요. 그래서 지도자께서는 그 못을 직접 뽑기로 결정하셨습니다.

그의 말에 따르면 지도자는 거기서 한 번 더 지혜를 발휘했다. 못을 뽑을 때 앞에 있는 사람을 다치게 하는 함정이 있을 수 있었다. 악마라면 충분히 그런 짓을 저지르고도 남았다. 그래서 끝만 살짝 뽑은 다음 못대가리 밑에 실을 연결해 놓고 반대편에 가서 휙 던지듯 뽑았다고 했다.

 ─ 그런데 악마는 거기까지 생각해 놓고서 지도자가 있는 쪽, 그러니까 못이 있는 쪽의 반대편으로 탑이 무너지게 만들어 놓았습니다. 그 바람에 탑을 이루고 있는 기둥들이 우수수 떨어지고 그분은 그만 머리를 맞아서 세상을 떠나시게 된 겁니다. 오, 대장장이 신이시여, 그분에게 복을 내려 주소서.

 가르젠은 대장장이 신이 그의 어리석음을 얼마나 관대하게 봐주실지 확신이 서지 않았다. 그는 자신이 대장장이 신의 일곱 사제 중 하나라는 것도 밝히지 않기로 결심하고 다만 이렇게 물었다.

 ─ 그렇다면 장례를 치르러 어찌 그리 멀리 가십니까? 탑 주변에도 빈 땅이 많을 텐데요.

 가르젠은 탑 주변의 지형을 떠올렸다. 그 일대는 허허벌판이었다. 그런데 질문이 끝나자마자 상대의 쏘아붙이는 시선이 날아왔다.

 ─ 어떻게 신성한 땅에 사람을 묻을 수 있습니까? 당신은 대장장이 신을 믿지 않습니까? 그 분노가 두렵지 않습니까?

 가르젠은 정체를 숨기려고 결심해 둔 참이었지만 거기까지 거짓말할 수는 없었다. 믿지 않는다고 입으로 시인하는 것은 배교자나 할 일이었다.

　－물론 저도 대장장이 신을 믿습니다. 당신들의 신앙은 참 대단하군요. 존경할 만합니다.

　거기에는 절반의 진실이 담겨 있었다. 가르젠은 어쩌다 보니 장례 행렬과 하루 정도 동행하게 되었다. 그들이 곡하는 소리에 힘이 담겨 있지 않아 앵앵거리는 것처럼 귀에 거슬렸기 때문에 가진 음식을 전부 나누어 주었다. 그것으로도 부족해서 지나는 마을에서 음식을 사 주기도 했다.

　하루가 지나자 기존 지도자를 갈아치우고 가르젠을 따르고 싶어 하는 사람들이 생겨났다. 가르젠이 그들에게 음식을 제공한 까닭이었다. 새 지도자도 어차피 막 세워진 후라 자신의 권위를 확립할 기간이 없었다. 그는 마치 재산을 강탈당하기라도 한 사람처럼 노골적으로 가르젠을 견제하기 시작했다.

　가르젠은 자신이 가지고 온 돈의 일부를 지도자의 손에 쥐여 주고 그들 무리를 떠났다. 그들은 눈물을 글썽이며 다만 고귀한 이름이라도 듣기를 청했다. 가르젠이 잠시 생각하다가 거절했는데 가르젠이라는 이름만 들어도 대장장이 신의 일곱 사제 중 하나라는 것을 눈치챌 사람이 하나쯤은 있으리라는 생각이 들어서였다.

　가르젠이 떠나고 나서 순례자들은 장례 행렬을 계속했다.

가르젠이 이름을 밝히지 않은 것은 엉뚱한 결과를 낳았다. 그들 사이에서 대장장이 신이 먼저 악마 둘을 보내 그들을 시험한 다음 대리인을 보내 그들의 생명을 구했다는 말이 나온 것이다. 그들은 악마 중 하나가 대장장이 왕이고 신의 대리인이 대장장이 신의 일곱 사제 중 하나라는 사실을 죽을 때까지 알지 못했다.

가르젠은 속도를 내어 걷기 시작했다. 말을 타고 왔으면 더 좋았을 일이었지만 오반도는 종일 가르젠의 무게를 견디다가는 말이 죽는다고 끝까지 반대했었다. 그의 말이 완전히 틀린 것은 아니었다. 가르젠은 아마 에이어리와 데스커드가 걸어서 도망친 이유도 아예 마구간에서 살다시피 하는 오반도를 따돌릴 자신이 없어서일 거라고 짐작했다.

그는 제국 수도에 점점 가까워질수록 그가 찾는 에이어리와 멀어진다는 사실을 몰랐다. 에이어리는 그때 이미 샛길로 빠졌다가 발을 잘못 디뎌 데스커드에게 업힌 신세로 가까운 마을에 몸을 맡기고 있었다.

그렇게 도망자와 추격자의 위치가 역전되었고 추격자는 무시무시한 속도로 도망자를 지난 끝에 들판에서 밤을 맞이하게 되었다. 그의 일생이 험난한 여행으로 채워져 있었기에 망설이지 않았다. 밤은 적당히 포근했고 풀이 자라난 흙은 딱딱하지 않았다. 그는 낮에는 더워서 입지 않는 외투를 바닥에 깔고 눕자마자 잠에 빠졌다.

밤이 깊었을 때 멀리서 타닥거리며 불꽃이 하늘로 솟았다. 사람들이 웅성거리는 소리와 비명이 들렸다. 마치 장터나 술집처럼 왁자지껄한 분위기였다. 가르젠의 꿈속에서도 똑같은 일이 일어났고 그는 젊은 시절에 그랬던 것처럼 관능과 열기가 넘치는 시장 한복판을 걷다가 잠에서 깨어났다.

저 멀리 작은 숲이 번쩍거렸다. 나무는 불을 내뿜지 않으니 필경 산불이 났거나 사람이 머무는 것이었다. 가르젠은 여자가 지르는 비명을 들었다. 환호성이 아니라 공포가 실려 있었다. 그는 다시 평안히 눕지 못할 것을 알고 외투를 챙겨 일어났다.

불을 피우지 않은 것은 지혜로운 선택이었다. 만약 가르젠이 불을 피우고 잠들었더라면 저들은 호기심에서라도 나방처럼 불빛을 쫓아 나타났을 것이다. 그렇다고 해서 꼭 위기에 빠지게 되는 것은 아니었지만 이왕이면 상대가 예상하지 못한 틈을 타서 먼저 나타나는 쪽이 좋았다.

가르젠이 어둠 속에서 속도를 높여 달렸다. 그의 묵직한 존재감은 밤과 소란한 분위기가 가려 주었다. 그는 가까이 갈수록 시끄럽게 굴던 무리의 정체를 확실하게 알 수 있었다. 제국의 넓은 땅을 이용해 변방을 유랑하는 강도 무리였다.

무리의 숫자는 열을 간신히 넘어 보였다. 그들의 연회에는 초대받지 않고 강제로 끌려온 손님이 몇 있었는데 젊은 여자와 어린아이였다. 가르젠은 나머지 마을 사람들이 무사하기를 바라면서 그들에게 다가섰다.

그들의 잔치는 아직 본격적으로 무르익기 전이라 참가자들이 분위기를 북돋우기 위해 애쓰고 있었다. 그들은 게걸스럽게 먹고 소리를 지르고 잡혀 온 사람들을 희롱하며 웃음을 이끌어 냈다. 술에 취했을 때나 그렇지 않을 때나 제정신이 아닌 자들이라 가르젠은 대화를 나눌 기분이 아니었다.

그들은 가르젠이 굳이 몸을 숨기지 않고 빤히 쳐다보는 데도 그 무서운 존재를 인식하지 못했다. 그것만 봐도 정상이 아니었다. 그러다가 부하 둘이 사이좋게 몸속의 수분을 배출하러 옆으로 빠졌다. 가르젠은 그들을 살며시 따라갔다.

가르젠에게는 무기가 없었다. 그의 여행은 대장장이 왕을 잡기 위한 것이라 일단은 평화로운 축에 속했다. 에이어리는 가르젠과 만나게 되면 순순히 패배를 인정하고 함께 신전으로 돌아갈 것이다. 최소한 에이어리와 가르젠 사이에는 정정당당한 대결에 대한 암묵적 합의가 있었다.

그래서 가르젠이 쓸 수 있는 무기는 자연이 내려 준 것뿐이었는데 그는 언제나 발보다 손을 선호했다. 물론 발로 더 강한 공격을 할 수 있다고는 하지만 한쪽 다리로 버티는 것은 가르젠의 취향에 맞지 않았다. 그는 두 다리로 대지에 단단히 붙어 선 다음 거기서 끌어낸 힘을 손에 모아 상대를 후려치는 것을 더 좋아했다.

가르젠도 오줌 싸는 사람을 때리는 것은 처음이라 잠시 주저했다. 최소한 물줄기가 끊긴 다음에 때려야 예의가 아닐까 하는 생각 때문이었다. 그러나 그들이 저지른 짓을 생각하고 또 자신에게 맞고 나서 그들이 어떤 상태가 될지 생각해 보니 바로 때려도 되겠다는 결론이 나왔다.

가르젠의 오른손이 시원한 밤공기를 뚫고 상대의 귀 뒤쪽과 목덜미를 후려갈겼다. 맞은 사람은 찍소리도 못 하고 날아가서 머리가 화살촉이 된 것처럼 땅에 꽂혔다. 오른쪽에 선 사람이 뭔가 이상하다고 생각해서 고개를 돌리려는데 이번에는 가르젠의 왼손이 그에게 닿았다. 그는 몸무게가 더 가벼워서인지 먼저 맞은 사람보다 멀리 날아갔다.

가르젠은 두 사람의 상태를 굳이 확인하지 않고 다시 숲속의 연회장으로 돌아갔다. 산적들을 이끄는 우두머리는 항상 찾기 쉬웠다. 그들은 뽐내기 좋아하는 자들이라 빼앗고 훔친 것 중 가장 좋은 것을 걸쳤고 가장 좋은 자리에 앉았으며 가장 좋은 술잔으로 마시면서 다른 사람들에게 장난을 가장한 폭언을 마음껏 퍼부어 댔다.

가르젠은 다시 반대쪽으로 반 바퀴 정도 크게 돌아 대장의 시야가 닿지 않는 곳에서 연회장 안으로 성큼 발을 내밀었다. 그의 거대한 존재감은 곧바로 몇몇의 관심을 받았다. 그러나 그들이 입을 벌려 놀라는 동안 가르젠이 대장에게 다가가 목덜미를 움켜잡는 바람에 방문자를 알릴 필요는 없었다.

가르젠은 그의 몸을 들자마자 바닥에 메다꽂았다. 거기에는 두 가지 목적이 있었는데 첫 번째는 대장이 명령을 내릴 수 없는 상태를 만드는 것이고, 두 번째는 다른 부하들이 공포를 느끼게 하는 것이었다.

그러고 나서 가르젠은 카니세리움처럼 무리의 한복판으로 뛰어들어 술 취하고 놀란 적들의 턱을 깨고 갈비뼈를 부수며 날뛰었다. 부하들은 무기가 있어도 제대로 뽑을 틈도 없이 가르젠의 주먹을 받았다. 그 와중에 한두 명 정도는 도망친 것 같기도 했지만 어둠이 주위를 감싸고 있어서 추적할 수 없었다.

소동이 정리되고 나서 가르젠은 난리가 벌어지는 동안 한쪽 구석에 웅크리고 벌벌 떨던 선량한 사람들에게 다가갔다. 그들은 가르젠이 자기편인지 아직 확신하지 못하고 있었다.

조금 전까지 살기를 감추지 않았던 가르젠을 생각하면 당연한 일이었다.

─안심하십시오. 저는 대장장이 신의 사제입니다.

그 정중한 말은 금세 효과가 나왔다. 제국 사람들은, 특히 변방 사람들은 여전히 몰래 대장장이 신을 믿었다.

─사는 곳이 어딥니까?

한밤이라 사방이 어두운데도 어른과 아이 할 것 없이 모두 같은 방향을 가리켰다.

─그렇다면 지금 당장 출발합시다. 여기는 밤을 지내기 좋은 곳이 아니고 또 사람들이 걱정할 테니까. 물건은 나중에 챙기러 오면 됩니다.

한때 산적의 포로였던 사람들은 모두 찬성했다. 가르젠은 길을 밝힐 횃불을 집어 들었고 같이 갈 사람들에게는 걸으면서 먹을 것을 챙기게 했다. 그들의 행색을 보아서는 최소한 하루 정도 아무것도 먹지 못한 것 같았다.

가르젠은 다시 에이어리가 머무는 곳과 반대 방향으로 사람들을 이끌었다. 지친 사람들을 생각해서 걸음을 늦추어야 했는데 그 자신도 제대로 쉬지 못하고 격렬한 싸움을 치른 다음이라 자신을 위한 배려도 되었다. 가르젠은 자기가 이끄는 여섯 사람이 낙오되지 않도록 간간이 뒤를 돌아보았다. 젊은 여자가 셋, 여자아이가 둘, 남자아이가 하나였다.

남자아이는 가르젠이 처음 만났을 때의 에이어리와 비슷한 또래였다. 그는 아이를 보며 대장장이 왕을 생각했다.

가르젠과 일행이 밤새 걸은 끝에 목적지에 도착한 것은 새벽이 가까워서였다. 밤새 환하게 밝히려던 불이 시들해지고 사람들의 눈 아래에 그늘이 잡히는 시기였다.

그러나 마을은 자기들만의 열의로 가득 차 있어서 가르젠과 일행의 도착을 한동안 알아차리지 못했다. 그러다가 지루해진 사람 하나가 고개를 돌려 가르젠이 들고 있는 불빛을 발견하더니 소리를 질렀고 사람들이 우르르 몰려들었다.

그들은 처음에 가르젠을 산적으로 의심했다. 가르젠에게 그런 오해는 처음도 마지막도 아니었다.

— 이분이 산적들을 물리치고 우리를 구해 주셨어요. 대장장이 신의 사제님이에요.

밤새 걸으면서도 지치지 않고 가르젠의 말동무가 되어 주었던 여자가 사람들을 막으며 말했다. 그녀의 이름은 누스였다. 어둠이 드리워 피부가 창백하게 보이지만 한숨 자고 나서 빛을 받으면 생기가 넘칠 것이 분명한 사람이었다.

가르젠은 사람들의 환대를 받고 숙소를 얻어 푹 쉰 다음 한낮의 기운이 가장 강해졌을 때가 되어서야 일어났다. 예상했던 대로 밤과 다른 모습을 한 누스가 그를 보러 왔다.

가르젠은 자신의 목적이 중대하므로 당장 떠나야 한다고 말했다. 누스는 목적을 물었고 가르젠은 찾는 것이 있으나 제국 땅 어디에 있는지 확실하지 않다고 어물쩍 대답했다. 차마 도망간 대장장이 왕을 찾는다고는 말할 수 없었다.

누스는 가르젠의 사연을 듣자마자 호들갑스러운 태도를 보였다.

- 그렇다면 제국 수도에 있는 위대한 조언자님을 찾아가세요. 그분의 한마디 말씀으로 모든 문제가 해결된대요. 그분도 대장장이 신으로부터 무슨 말을 해야 할지 듣는다는 소문이에요.

가르젠의 목적지는 그렇게 정해졌고 누스와 작별한 다음에는 어떤 무리와도 마주치는 일 없이 무사히 제국 수도에 도착했다. 물론 거기에서 대장장이 왕의 흔적은 전혀 찾을 수 없었다. 가르젠은 감히 대장장이 신의 계시를 받는다고 사칭하는 가짜 예언자를 만나러 갔다가 그를 위해 준비해 두었던 한마디를 들었다.

- 대장장이 왕이 여기로 올 테니 길이 엇갈리지 않도록 그때까지 가만히 기다리세요.

가장 처음 대장장이 왕이 되었던 한 사람을 제외하고는

누구도 대장장이 신과 직접 대화를 나누지 못했다.

역대 대장장이 왕들 역시 신의 뜻을 정확히 알지 못한 채로

권능을 자기 마음대로 사용했다.

제국이 대장장이 신을 섬기던 시절

교리에 관해 깊이 연구했던 학자는 이에 대해

다음과 같이 설명하려고 했다.

대장장이 신이 어째서 자신의 능력 중 일부를

인간에게 담아 두기로 했는지 설명할 방법은 없다.

다만 대장장이 왕은 신의 능력을 담아서

보관하기 위한 병과 같다.

병의 역할은 내용물을 담는 것에서 끝난다.

시간이 지나 병이 낡으면

새로운 병을 구해서 옮겨 담을 뿐이다.

VIII

정체를 들킨 에이어리가
환상을 헤치고 나아가 선대 왕의 친구를 만난다

에이어리와 데스커드는 마침내 머물던 마을을 떠났다. 그러나 둘의 목적지는 제국이 아니라 인적이 드문 산 정상이었다. 겨우 발목이 나은 에이어리는 발을 잘못 디뎌 다시 다치는 일이 없도록 아예 땅을 보고 걸으면서 불평했다.

- 우리가 이런 고생을 하는 이유는 네가 멍청하게 굴었기 때문이지. 투란을 신전으로 데려갔으면 좋겠어요. 헤어지는 건 너무 슬프니까요.

에이어리가 어설프게 데스커드 흉내를 냈다.

- 그게 아니라니까요. 그 음흉해 보이는 인간은 투란과 상관없이 우리 정체를 알아차린 거예요. 어쩌면 이름 때문이겠죠. 이상한 이름을 잘도 만들어 쓰시다가 어째서 진짜 이름을 쓰신 겁니까?

- 가르젠이 지금 우리를 쫓아 달려오고 있겠지? 몇 년 동안 신전에서 나가지도 못하고 갇혀 지냈으니 나에게 감사할 거

야. 오, 대장장이 왕이시여, 잘 걸리셨습니다. 당장 쫓아가서 주먹맛을 보여 드리지요.

가르젠은 그때 이미 제국 수도에 들어가 있었지만 대장장이 왕도 거기까지는 알 수 없었다.

앞서 걷던 투란이 고개를 돌려 두 사람을 보며 말했다.

- 두 분은 지금 제가 다 듣고 있다는 걸 알고 말씀하시는 거죠?

투란에게 정체를 들킨 다음 날 아침 클로파스가 직접 집까지 찾아왔다. 에이어리가 문을 열었을 때 그가 얼굴을 땅에 묻고 기다리는 바람에 숱이 적은 정수리만 보였다.

- 대장장이 왕이시여.

에이어리는 짜증이 가득한 얼굴로 데스커드를 보았다. 데스커드는 얼굴이 하얗게 질려 있었다.

- 그래, 내가 대장장이 왕이오.

엎드린 자를 일으켜야 했으나 에이어리는 클로파스에게 그런 친절도 아까웠다. 엎드린 사람은 슬슬 허리가 아픈지 자세가 흐트러졌다.

- 일어나시오.

에이어리는 어쩔 수 없이 그렇게 말하고 얼른 덧붙였다.

- 그대에게 불편을 끼치는 일은 없을 거요. 내 다리도 다 나

았으니 이제 떠나려고 하오.

그 말을 듣고 클로파스가 다시 흙바닥에 엎드렸다. 에이어리는 정말이지 일으켜 주고 싶지 않았다.

– 무슨 일이오? 말씀해 보시오.

클로파스는 에이어리의 임시 거처 안으로 안내를 받았다. 그는 말끔하게 수리된 마랏의 옛집을 보고 감탄했다. 대장장이 신의 권능을 받은 사람에게 그런 칭찬은 큰 의미가 없었다. 에이어리는 앞뒤로 흔들리는 의자에 앉아 다리를 떨며 건성으로 들었다.

– 실은 이 마을은 예전에 비옥한 땅이었습니다.

모든 땅은 언젠가 비옥했다가 황폐해지는 법이다. 클로파스의 이야기에는 에이어리의 흥미를 끄는 점이 없어 보였다.

– 그런데 이 마을이 쇠퇴하기 시작한 것은 몇십 년 전입니다. 산 정상에서 시작되는 수원이 마른 다음부터입니다. 어찌 된 일인지 사람을 보내도 꿈 같은 것을 꾸고 이상해져서 돌아옵니다.

그 말을 듣고 에이어리는 발을 떠는 일을 멈췄다.

– 이상해져서 돌아온다고?

– 그렇습니다. 누구도 수원으로 가는 길을 찾지 못하고 헤매다 돌아오더군요. 눈이 풀린 상태로 환상을 보았다는 둥 이

상한 말만 합니다. 저도 젊은 시절 직접 가 보았지만 환상을 보지는 못했습니다. 그냥 얼른 돌아가고 싶다는 생각만 들더군요.

－그렇군.

－무슨 일인지 아시겠습니까?

－글쎄.

에이어리는 짐작하고 있는 것이 있었지만 귀찮아서 말하지 않았다. 그는 제국 수도와 젤레즈니 왕국을 방문하고 싶을 뿐이었다. 가슴이 들뜬 모험가처럼 마을의 문제를 해결할 생각이 없었다.

－저희도 몰랐습니다. 제국에 사는 위대한 조언자를 만날 때까지는요.

－그래. 조언자를 찾아가다니 노력을 많이 하셨군.

클로파스는 여전히 에이어리의 심드렁한 태도를 눈치채지 못하고 있었다. 어쩌면 눈치가 빠른 사람이 일부러 둔한 척하는 것일 수도 있었다.

－그 조언자가 말씀하셨습니다. 신적인 존재가 그곳을 자신의 땅으로 삼았다고요. 그래서 우리가 그곳에 접근할 수 없는 모양입니다. 위대한 조언자는 언제나 한마디만 들려주시니까요.

－신적인 존재?

－혹시 대장장이 왕께서도 그렇게 영지를 만들 수 있으십니까?

에이어리는 데스커드와 눈을 마주쳤다. 자신이 그런 것을할 수 있느냐고 묻는 것 같았다. 데스커드는 살짝 고개를 저었다. 에이어리도 자신의 기억에 따르면 그런 것을 할 줄 몰랐다.

－아니, 할 줄 모르오.

－그렇군요.

에이어리는 그것으로 문제가 해결되었다고 생각했다.

－제가 백방으로 알아본 바에 따르면 그 문제를 해결하는방법은 하나뿐이라고 합니다.

에이어리는 클로파스가 떠날 기미가 보이지 않자 어쩔 수없이 물었다.

－그래, 어떻게 하면 되오?

클로파스는 질문이 끝나기도 전에 대답을 토해 냈다.

－신적인 힘을 가진 존재라면 그 안에 들어갈 수 있습니다.들어가서 그 공간을 만든 존재를 설득해야 한다는군요.

－저런, 신적인 존재를 얼른 찾으셔야겠군. 아쉽게도 딱히아는 이가 없어서.

에이어리는 거기서 대화를 끝내려고 했는데 클로파스가 다시 엎드렸다.

- 세상에 대장장이 왕보다 신적인 존재가 어디 있습니까? 저희를 살려 주십시오.

그렇게 해서 대장장이 왕은 늙은 고집쟁이의 청에 떠밀려 겨우 걷기 시작한 몸으로 산에 오르게 되었다. 데스커드가 따르는 것은 당연했고 투란은 길잡이 역할이었다.

- 막상 이렇게 갔는데 우리도 신적인 힘에 막히게 되면 어떡하지?

- 망신이 되는 거죠. 소문이 날 겁니다. 이번 대장장이 왕은 능력이 약한 편이라고요.

에이어리가 반박하려는 순간 작은 계곡 아래쪽에서 소리가 났다. 셋 모두 걸음을 멈췄다.

- 드디어 내가 직접 개량한 오카브의 유산을 쓸 일이 왔군.

에이어리가 왼쪽 소매를 걷어 올렸다. 작은 금속 조각을 연결해서 만든 팔찌가 드러났다. 오카브에게 처음 받았을 때보다 크기가 훨씬 작아져 장식용 팔찌와 크게 다르지 않았다. 그러나 화살의 위력은 그대로였다.

- 지난번에 고기 드시고 싶다고 사냥할 때 쓰셨잖아요?

- 그랬나?

- 그리고 이름이 오카브의 유산인 건 너무하지 않습니까? 누가 들으면 오카브 스승님이 돌아가신 줄 알겠어요.

- 그런가?

소리를 낸 것은 이름도 모르는 작은 동물이었다. 잿빛 털로 뒤덮인 매끈한 등과 통통한 엉덩이 뒤로 짧은 꼬리가 요란하게 흔들렸다. 에이어리는 겨냥을 풀고 소매를 내렸다.

- 내 눈이 이상한 건가? 저 토끼인지 사슴인지 알 수 없는 동물 꼬리가 두 개처럼 보였는데 말이야.

- 괴물도 아니고 설마 그럴 리가요.

세 사람은 한동안 말없이 걸었다.

중간에 대장장이 왕이 쉬자고 청한 적이 몇 번 있었다. 건강한 두 사람과 다르게 에이어리는 체력이 약했다. 어렸을 적 죽을 뻔한 일이 있어서 그렇다고들 했다. 지금도 큰 흉터가 가슴에 남아 있었다.

다시 걷기 시작하면서 에이어리는 왼쪽 팔목을 쓰다듬었다. 긴장할 때 나오는 버릇이었다.

- 그런데 생각해 보니까 그거 저도 하나 만들어 주시면 안 될까요?

- 뭐, 오카브의 유산? 안 돼.

- 왜요?

-너까지 이걸 쓰면 적들이 우리에게 막 달려들 거 아니야? 네가 앞에 나가서 육박전을 벌이며 적을 막아 주어야 내가 뒤에서 편안하게 쏠 수 있지.

데스커드가 불평하려는 순간 투란이 우뚝 멈췄다.

-못 가겠어요.

대장장이 왕과 경호원은 처음에 농담이라고 생각했다. 짐승이나 다닐 법한 좁고 거친 길이지만 길은 분명히 있었다. 그러나 투란의 표정을 보고 장난이 아니라는 것을 알았다.

-데스커드, 대신 앞장서게.

-그렇게 하지요.

데스커드는 마르고 긴 팔과 다리를 휘적휘적 흔들며 앞으로 나아갔다. 투란은 몇 걸음 뒤로 물러났다.

-안 가겠습니다.

-왜?

-발이 안 움직이는데요?

-그러면 제국의 위대한 조언자가 했다는 말이 전혀 거짓은 아니군. 하지만 신적인 존재가 아니라 마법일 수도 있어.

그렇게 말하며 이번에는 에이어리가 데스커드 앞으로 나섰다. 에이어리는 마치 물로 된 끈적한 막을 통과하는 것 같은 기분을 느꼈다. 그러나 아무것도 보이지 않았다.

─이제 나에게 와 봐.

데스커드와 투란은 어렵지 않게 에이어리의 곁으로 왔다.

─혹시 이상한 물 같은 걸 느꼈어?

데스커드와 투란은 마주 보고 얼굴을 붉혔다.

─아니요.

─확실히 평범하지 않아. 조심해야겠어.

에이어리는 다시 왼쪽 손목에 달린 오카브의 유산을 만지 작거렸다. 데스커드는 지팡이 삼아 바닥을 짚던 막대기를 양 손으로 들었다.

세 사람은 조금 전부터 공기가 변하는 것을 느꼈다. 이전의 공기는 상쾌하고 차갑고 거칠고 흙냄새가 났다. 지금은 따뜻 하고 축축하고 달콤하지만 끈적하지 않은 공기가 셋을 둘러 쌌다.

그들은 물속에서 걷듯이 걸었다. 공기가 빽빽해져서 헤치 고 지나가야만 했다. 바닥에도 잔뜩 깔렸는지 제대로 땅을 밟 는 느낌이 나지 않았다.

어느새 주변을 채우고 있는 나무와 풀들은 세상에서 볼 수 없는 것으로 바뀌었다. 이파리에 맺힌 이슬은 진주로 만든 것 처럼 빛이 났다. 점점 화려하고 커다란 꽃들이 줄지어 나타났 다. 그러나 동물이나 곤충은 한 마리도 보이지 않았다.

사람을 위해 따로 만든 길은 없었다. 세 사람은 식물을 밟지 않으려고 조심하며 길을 내었다. 식물들이 알아서 뿌리를 옮기며 길을 만들어 주는 것 같은 착각이 들었다.

여전히 가장 앞에 있는 사람은 에이어리였다. 나머지 두 사람이 아무리 빠르게 걸어도 에이어리의 등에 다가갈 수 없었다.

그들이 마침내 풀숲을 통과했을 때 절벽에서 떨어지는 폭포가 눈에 들어왔다. 그들의 앞을 가로막고 있는 절벽은 규모에 비해 믿을 수 없을 정도로 장엄했다. 사람의 손이 닿은 것처럼 보이지 않았지만 조화에서 어긋나는 돌이 없었다.

그 아래에는 작은 호수가 있었다. 호수에 낀 옅은 안개는 풍경을 다 가리지 않을 정도로 은은했다.

호수 주변에 심긴 과일나무는 모두 제철인 것처럼 열매를 맺고 있었다. 시든 잎 같은 것은 보이지 않았다. 데스커드는 투명한 물 아래에서 움직이는 물고기 몇 마리를 보았다.

데스커드와 투란은 꿈속에서도 보지 못한 광경에 취해 입을 열 수 없었다. 에이어리는 풍경 대신 안쪽에 있는 주인을 먼저 발견했다. 그의 강한 존재감을 느낀 것은 에이어리뿐인 것 같았다.

에이어리는 뒤로 물러나 양손을 뻗어 각각 데스커드와 투란의 팔을 잡았다. 두 사람은 에이어리의 행동에 놀라 움찔했다.

에이어리가 두 사람의 팔을 움켜쥐는 동시에 폭풍이 휘몰아쳤다. 꽃들은 거의 흔들리지 않았다. 물결은 잔잔했다. 물고기들이 안에서 요동치는 일도 없었다.

그러나 에이어리와 데스커드와 투란은 바닥에 쓰러졌다. 에이어리는 그 와중에도 둘을 잡은 손을 놓지 않으려고 애를 썼다. 데스커드와 투란은 공포를 느꼈다. 토끼가 맹수에게 물리기 직전의 공포와 비슷했다.

에이어리가 몸을 일으킬 때쯤 폭풍이 한 번 더 닥쳤다. 이번에는 에이어리도 넘어지지 않고 버텼다. 반대로 두 사람은 날아가려 해서 에이어리는 팔이 빠지는 것처럼 고통스러웠다.

- 그만.

에이어리가 먼저 소리를 질렀다. 동굴에서 듣는 것처럼 울리고 천을 입에 댄 것처럼 발음이 불분명했다. 에이어리의 소년 같은 목소리와는 전혀 다른 것이었다. 데스커드와 투란은 그 목소리를 듣는 순간 피부에 소름이 돋았다.

옅은 안개의 저편에서 머뭇거림이 느껴졌다. 그것을 느낄 수 있는 것도 에이어리뿐이었다.

- 그만하시오.

에이어리는 한 번 더 소리를 질렀다. 분명히 안개 저편에는 살아 있는 존재가 있었다. 에이어리는 안개 속을 꿰뚫어 보려고 눈에 힘을 주었다.

－미안하오. 어쩌다 실수로 틈새에 빠진 인간인 줄 알았지. 그런 일이 가끔 있거든.

데스커드는 조금 전 에이어리의 목소리보다 더 이상한 목소리라고 생각했다. 투란도 그렇게 생각하는 것 같았다. 마치 짐승이 사람의 말을 흉내 내는 것 같았다. 알아들을 수 있다고 해도 사람의 말처럼 여겨지지 않았다.

－그렇다고 말도 없이 이러는 법이 어디 있습니까?

－보통은 그렇게 쫓아내면 이 공간 밖으로 날아가 버리니까. 당신이 올 줄은 몰랐소, 신의 대리인.

－그러면, 그러면 이제 모습을 드러내어 예의를 갖추십시오.

에이어리의 목소리에서도 떨림이 느껴졌다. 데스커드는 자신이 모시는 왕을 잘 알았다. 에이어리도 상대가 누구인지 확신하지 못하고 있었다.

－그래야겠지.

안개 속에서 검은 그림자가 떠오르기 시작했다. 안개가 의지를 가지고 좌우로 도열하듯 갈라졌다. 커다란 그림자는 조금씩 앞으로 나왔지만 바닥이 울리는 소리는 나지 않았다. 그리고 마침내 목소리의 주인공이 그림자를 벗어던지고 모습을 드러냈다.

둥근 마름모꼴의 깃털인지 비늘인지 알 수 없는 것이 몸을 덮고 있었다. 전체적으로 푸른색에 가까웠지만 자연에 흔히 존재하는 색이 아니었다. 빛을 받는 면마다 색이 엉키면서 바뀌었다.

키는 어른 두 명을 합친 것보다 조금 더 컸다. 날개는 접혀 있어서 명확한 형상이 보이지 않았다.

날개와 별도로 분리된 팔은 생각보다 길어서 사람과 비율이 비슷했다. 다리는 그에 비해 짧았지만 두 발로 걷기에는 문제가 없어 보였다. 그러나 몸이 기우뚱하게 앞으로 기울어 있어서 인간과 구별되었다.

얼굴은 길쭉하고 우아한 곡선을 이루어 얼핏 보면 새와 비슷했다. 투명하고 큰 눈은 반짝임 속에 슬픔을 담고 있는 것처럼 보였다. 새도 아니고 인간도 아니고 괴물도 아니었다. 그러한 분류를 뛰어넘는 존재가 인간처럼 그들을 향해 걸어왔다.

—신의 대리인.

—그냥 대장장이 왕, 아니, 에이어리라고 부르십시오.

에이어리는 두 사람의 손을 놓고 일어서며 그렇게 말했다.

상대는 콧소리를 내었는데 감탄인지 비웃는 것인지 알 도리가 없었다.

－아직도 그렇게 존재의 본질을 드러내지 못하는 이름을 쓰는군. 그대의 신은 대장장이 신이 아니오. 첫 대리인이 대장장이였을 뿐이지.

－그건 인간의 전통이라고 부르는 겁니다. 이치에 맞지 않아도 따르는 거지요. 인간과 교류가 없던 분도 아니지 않습니까?

에이어리는 그다음에 이상한 소리를 냈다.

－크룽훙다르흐.

데스커드와 투란은 눈을 동그랗게 떴다. 크룽훙다르흐라고 불린 존재가 다시 콧소리를 내었다. 기쁨인지 분노인지 혹은 다른 감정인지 인간은 구별할 수 없었다.

－나를 아는군.

－이 근처에 존재할 수 있는 용은 당신밖에 없습니다. 그렇게 배웠지요.

－용이라고요?

데스커드가 소리를 질렀다. 그러나 평소와 다르게 위압감에 눌려 미약하게 나오는 소리였다.

－왜 놀라는 거야? 당연히 용이잖아. 봐도 몰라?

-아니, 제가 생각하는 용은 도마뱀처럼 생기고 덩치가 훨씬 큰.

-그런 무례한 말은 하지 마.

에이어리가 만류했지만 용은 신경 쓰지 않는 듯 무심하게 대답했다.

-그들은 사라졌소. 변화에 적응하지 못했지. 인간과 싸워서 멸절시키려다가 거꾸로 멸절당했으니. 그건 중요하지 않고, 그래서 그대는 몇 번째 신의 대리인이지?

-서른두 번째입니다.

크롱홍다르흐는 탄식했다. 인간과 비슷한 반응이라 세 사람도 이해할 수 있었다.

-내 친구 디하우트가 죽고 시간이 많이 지났군. 그보다 하필이면 서른두 번째 대리인을 만나다니 운명이란.

에이어리는 용이 말한 이름을 듣고 쭉 생각한 끝에 여섯 번째 대장장이 왕의 이름인 것을 기억했다. 그의 별명은 용의 친구였다.

옛적에 한 제자가 스승에게 물었다.

둘 다 이름이 남을 만큼 유명하지는 않았다.

– 인간은 용보다 우월한 존재입니까?

– 그렇지 않다. 저들은 육체나 수명이나 능력에서

인간 한 사람을 쉽게 넘어선다.

제자가 용기를 내어 말했다.

– 그러면 용이 인간보다 우월하군요.

– 그렇게 생각하는 사람들이 있다.

그들은 용이 거들떠보지도 않는 제물을 바치며

영물이라고 칭송하지.

그러나 그것도 옳은 답은 아니다.

– 그러면 무엇이 옳습니까?

– 인간은 용을 부러워하고 용은 인간을 부러워한다.

진정으로 한쪽이 우월하다면

어찌 상대를 부러워할 수 있겠느냐?

IX

우직한 야심가 다이아몬드 울릭이
밭 한가운데에서 아리셀리스를 습격한다

다이아몬드는 가장 단단한 보석으로 알려져 있다. 마법사 가문들이 각자 상징을 정할 때 한 가문이 그 보석을 선택했다. 그들은 가장 단단한 사람들이라는 평판을 얻고 싶었다. 그 단단함은 어디까지나 다른 물건과 부딪쳐 부수기 위한 목적이었다.

그들을 상징하는 색은 투명함을 대신하는 하얀색인데 가장 흔한 다이아몬드의 색이기도 했다. 한편으로 그 색은 다이아몬드 가문의 마음가짐을 상징했다. 그들은 자기 마음을 투명하게 드러내는 방식을 좋아했다.

그들은 권력, 명예, 돈, 그밖에 어떤 것을 추구하든지 공개적이었다. 다른 가문들이 점잔을 빼는 것과 달랐다. 그런 과도한 솔직함은 때로 유치하게 여겨졌고 탐욕스럽게 보이기도 했다.

가문 내에서 가장 촉망받는 젊은이인 다이아몬드 울릭도

다르지 않았다. 그는 카르멘에게 청혼하면서 이렇게 주장했다고 한다. 다이아몬드 가문과 루비 가문이 결혼해서 자식을 낳으면 왕위를 얻을 수 있다. 그보다 더 정략적으로 완벽한 결혼은 있을 수 없다.

루비 카르멘은 딱히 낭만적인 사람이 아니었지만 단호하게 거절했다. 거절당한 사람은 포기하지 않고 다음 기회를 노렸다.

놋과 루 도인의 경계에 끼여 누구도 관심을 보이지 않는 땅으로 직접 출병하기 전에 울릭은 어머니를 만나러 갔다. 그의 어머니 카분은 실질적으로 다이아몬드 가문을 다스리는 사람이었다.

- 루비 카르멘에 대해 올바르지 않은 소문이 떠돌더구나.

카분은 다이아몬드 가문치고는 남을 떠보는 일에 능했다. 울릭은 어머니의 화법이 싫고 아무리 겪어도 익숙해지지 않았다. 그런 이야기를 여러 번 해 보았자 돌아오는 것은 꾸중뿐이었다.

- 어떤 소문 말입니까, 어머니?

- 루비 카르멘은 어린 시절 에메랄드 가문 형제들과 어울려 자랐지. 어른이 되고 나서는 예언 때문에 아리셀리스를 배척했지만 말이야.

예언은 소수를 위한 것이라지만 가문의 수장들에게는 공공
연한 비밀이었다.

  -그게 카르멘에게 흠이 됩니까?

  -울릭, 아가야. 누누이 말하지만 루비 카르멘에게 정말로
마음을 주어서는 안 된다. 그 여자는 나보다 더 영리하고 냉혹
한 사람이야. 그 결혼은 네 욕망을 만족시키려고 주선한 것이
아니다.

  울릭은 체구만큼이나 당당한 사람이었지만 어머니 앞에서
는 위축되었다.

  -그, 그런 게 아닙니다, 어머니. 저는 정말로 어째서 그런
결론이 나오는지 몰라서 물었을 뿐이에요.

  -마땅히 그래야겠지. 8년 전에 왕이 병들어 돌아온 다음부
터 예언의 방향이 여러 번 바뀌었어. 왕은 결국 죽겠지만 그건
동생의 탓이 아니야. 동생의 귀환은 왕이 빼앗긴 영토에 입성
하는 것과 마찬가지라는구나.

  -그렇다면?

  -예언은 아리셀리스가 돌아오면 다음 왕이 될 거라고 말
하는 거야. 분하지만 그자가 가진 힘은 아무도 당할 수 없으니
까.

  -그래서 그게 카르멘과 무슨 상관이 있습니까?

카분은 자신의 말을 불쑥 끊은 아들에게 책망의 눈길을 보냈다. 아들은 어머니의 눈을 똑바로 보지 않았다. 당당하게 펼쳐진 어깨도 지금은 쪼그라든 것처럼 보였다.

－카르멘은 자신이 저지른 짓에 죄책감을 느끼고 있다. 그래서 아리셀리스를 만나 사과하려고 애쓴다는구나. 그 냉혹한 아이에게는 흔하지 않은 일이야.

울릭은 어머니도 그에 못지 않으십니다, 하고 말하려다 입을 다물었다. 어머니와 함께 있으면 다이아몬드 가문의 미덕을 발휘하지 못하는 느낌이었다.

울릭은 어머니의 태도가 어쩔 수 없는 것이라고 생각했다. 치열해진 수장끼리의 권력 다툼은 가문의 솔직함으로 버틸 것이 아니었다. 오히려 다이아몬드 가문은 솔직함을 표방하면서 남들을 기만해야 했다.

－카르멘이 어쩌면 아리셀리스에게 개인적인 감정을 느낄 수도 있다.

－설마요.

－측은하게 여기는 마음인지 남녀 간의 마음인지는 모른다. 그러나 카르멘은 아리셀리스에 관한 문제에서는 냉정을 잃는다. 루비 가문의 저주받은 특성이기도 하지. 한번 불이 붙으면 누구도 그 불을 끄지 못하니까.

－걱정하지 마십시오. 아리셸리스는 제가 반드시 죽일 테니까요.

울릭은 등받이에 기대지 않아도 나무를 댄 것처럼 꼿꼿한 어머니의 모습을 보며 다짐을 드러냈다.

다이아몬드 카분이 달고 있는 고리 모양의 커다란 머리 장식은 양쪽에 하나씩 완벽하게 대칭을 이루었다. 어떻게 했는지 몰라도 잔머리 하나 나온 것이 없었다.

뾰족한 턱은 창처럼 날카로웠다. 팽팽한 얼굴에는 실처럼 가는 주름이 파고들기 시작했지만 묘하게 젊어 보였다. 입술 양 끝은 항상 올라가 있었는데 아무리 보아도 정직하게 보이지 않았다. 다이아몬드 가문과 거리가 먼 얼굴이었다.

반대로 울릭은 넓은 턱과 큰 눈을 가진 전형적인 다이아몬드 가문 사람이었다. 넓은 어깨와 큰 키가 군인다운 풍모를 완성해 주었다.

－죽여야 하는 것은 그뿐만이 아니야. 카르멘도 함께 죽여라.

어머니가 오랜만에 다이아몬드 가문 사람처럼 명령했다.

－카르멘이요? 무슨 말씀이세요?

－그 여자는 지금 왕국에 없다. 아리셸리스에 대한 감정이 무엇이든지 간에 그를 만나려고 떠났어. 왕국 밖에서의 살인

은 쉽게 묻을 수 있다. 그러니 기회를 노려서 곧바로 죽여.

울릭은 당황했다는 사실을 숨기고 싶지도 않았다.

─지금이 마지막 기회야. 우리 마법사들은 웬만해서는 여행을 다니지 않으니까. 이 기회를 놓쳐서 둘 중 아무도 죽이지 못한다면 넌 내 뒤를 잇지 못할 거다.

─그렇다면 둘 다 꼭 죽여야겠군요.

며칠 뒤 울릭은 모든 대화를 머릿속으로 반복하며 자신도 모르게 내뱉었다.

─그렇다면 꼭 둘 다 죽여야겠어.

─예?

옆에 있던 부관이 놀라서 되물었지만 울릭은 생각에 잠겨 있어 듣지 못했다. 아리셸리스는 몰라도 카르멘을 죽일 수 있을까?

─첩자가 보고한 바에 따르면 바로 저 집입니다. 몇 시간을 기다려도 아무도 나오지 않습니다. 일단 저녁에 불이 켜진 것을 보니 사람은 있는 것 같습니다. 공격할까요?

그들의 공격은 어둠을 틈타도록 계획되어 있었다. 아리셸리스가 잠들었다면 더할 나위 없이 좋았다. 모든 힘을 퍼부어 아리셸리스와 부인, 그의 자식을 죽여야 한다.

왕은 아리셸리스도 자식도 죽이기를 원하지 않았다. 그러나 첩자의 보고처럼 아리셸리스의 자식에게 재능이 많다면 문제가 된다. 에메랄드 가문이 괴물을 하나 더 가지게 되는 것이다.

그러고 보면 아리셸리스는 정말 불쌍한 인간이었다. 울릭은 진심으로 그를 안타깝게 여겼다. 만약 능력이 조금만 일찍 발현되었다면 형 대신 왕이 되었을 것이다. 하필이면 왕을 위협하는 존재가 되는 바람에 자기 가문에서도 사랑받지 못했다.

그러나 예언대로라면 아리셸리스가 돌아와 왕이 될 것이다. 어쩌면 자기보다 더 많은 잠재력을 지닌 자식도 함께할 것이다. 그러면 나라는 에메랄드 가문의 독재에 잠식당하지 않겠는가. 울릭은 그렇게 자기의 양심에 방패를 둘렀다.

초라한 집에서 따뜻하게 보이는 불빛이 새어 나왔다. 짙은 어둠 때문에 집의 윤곽은 보이지 않았다. 오로지 창에서 나오는 불빛만이 그들을 유혹하고 있었다. 그는 망설임 없이 손을 들어 전진하라고 명령을 내렸다.

그날 낮, 카르멘은 같은 장소에 먼저 도착했다. 몇 시간 후면 울릭의 군대가 들이닥친다는 사실도 알고 있었다. 그녀는 마음이 급해 숨 돌릴 시간도 없이 달려갔다. 말을 먼 곳에 매어 둔 것은 아리셀리스의 경계심을 늦추기 위해서였다.

아리셀리스의 집 주변은 모두 밭이었다. 밭 한가운데에 초라한 집이 마치 감시원이라도 되는 것처럼 서 있었다. 카르멘은 밭 사이로 난 작은 길을 종종걸음으로 걸었다. 그녀의 붉은 옷은 초록색으로 덮인 밭 사이에서 조화롭지 못했다.

아리셀리스는 마침 집 앞의 작은 바위에 앉아서 쉬고 있었다. 그녀가 온 것을 알면서도 따로 쳐다보려고 하지 않았다. 카르멘은 그를 어떻게 불러야 할까 고민하다가 어린 시절을 떠올렸다.

-아리셀리스.

아리셀리스는 여전히 카르멘을 보지 않은 채로 대답했다.

-마침내 찾았구나.

-너를 해치려고 온 게 아니야. 너를 구하려고 온 거야.

아리셀리스는 자리를 옆으로 옮기더니 카르멘에게 앉으라고 권했다. 카르멘은 그가 권유하는 대로 자리에 앉았다.

-나를 방문하는 사람은 누구든지 나를 해치려고 온 거야. 이제는 이렇게 편히 앉아서 저 구름을 보는 시절이 더는 없을 테니까.

카르멘은 아리셀리스의 외모가 생각과 달라서 놀랐다. 길었던 머리는 짧게 자른 대신 못 보던 수염이 코와 입을 둘러싸고 있었다. 머리를 기르는 것은 여섯 가문의 특권이었다. 그는 자기의 신분을 상징하는 것을 과감하게 버렸다.

그보다 머리카락을 기르는 것은 마법을 강하게 만들기 위한 것이기도 했다. 이유는 모르지만 머리카락에 그런 힘이 들어 있다고 했다. 그래서 마법사들은 모두 머리를 길렀다. 아리셀리스는 그런 마법의 법칙마저도 우습게 볼 수 있는 존재가 된 걸까?

— 너의 형 라토는.

— 알아, 몸이 좋지는 않지만 아직 살아 있지. 앞으로도 오래 살 거야.

— 어떻게.

아리셀리스는 고개를 들어 카르멘을 보았다. 낡은 옷으로도 그가 가진 기품을 모두 가릴 수는 없었다. 그것은 그의 태생에서 나온 것뿐 아니라 지난 8년 동안 그가 빚어낸 것이었다.

— 형은 모르지만 우리 둘은 가느다란 끈으로 연결되어 있어. 쌍둥이로 태어난 마법사에게는 가끔 일어나는 일인가 봐. 나는 형의 감정이나 몸 상태를 느낄 수 있지. 아마 형은 그렇게 예민하지 않은 모양이지만.

— 왜 진작.

－나도 왕국을 떠나고 나서야 알았어. 그전까지 내 힘을 마음대로 쓸 수 없었으니까. 이제 와서 그걸 안다는 게 특별한 의미가 있는 것도 아니지.

－부인과 아들은 어디로 갔어?

－역시 그렇게 알려졌구나. 그 사람은 내 부인이 아니야, 굳이 말하면 애인 정도지. 타마스는 여자아이고 역시 내 딸이 아니야.

－그렇구나.

카르멘은 그 설명에 안심하는 자신의 모습에 놀랐다.

－하지만 타마스는 내 딸이라고 해도 믿을 수 없을 정도로 강한 마법을 가진 아이야. 마법의 그릇으로 태어난 아이라고 해도 좋을 것 같아. 아이 엄마를 설득해서 그 아이를 데리고 가 줘. 제대로 교육을 받으면 훌륭한 마법사가 될 테니까.

－그럼 너는?

－새로운 예언이 뭐지?

－응?

－시간이 없으니 얼른 그것부터 말해 봐.

카르멘은 망설이다가 예언의 내용을 털어놓았다. 어쩌면 그것이 아리셀리스의 야망을 증폭시킨다는 것을 알면서도 그랬다.

- 역시 그렇구나. 예언자들은 묘하게 핵심을 짚는단 말이야. 으하하하.

아리셀리스가 웃는 모습은 어린 시절과 다르지 않았다. 카르멘은 왠지 모를 기쁨을 느꼈다.

- 뭐가 핵심이라는 거야?

- 내가 가면 형이 죽어. 아까 말했잖아, 우리는 아주 가는 마법의 끈으로 연결되어 있어. 내가 형에게 가면 형의 쇠약한 육체는 나에게서 흘러나오는 힘을 감당할 수 없어.

- 뭐라고?

카르멘은 아까부터 대화의 주도권을 자꾸만 잃고 있었다. 어째서 왕국을 8년 동안 떠난 자가 더 많은 것을 알고 있는지 신기한 노릇이었다. 그녀도 한 가문의 수장이었지만 반박할 정보가 없었다.

- 내가 죽이는 것은 아니지만 나를 만나면 죽게 되는 거지. 예언은 사실 그걸 이야기하는 거야. 저기 두 사람이 돌아오네. 내가 타마스 엄마를 설득할 테니까 타마스를 데리고 돌아가.

- 너는?

- 말했잖아. 내가 가면 형이 죽는다니까?

루비 카르멘의 외모는 시골에서 너무 튀는 것이라 여자와 아이는 경계했다. 아리셀리스는 자리에서 일어나 두 사람에

177

게 다가갔다. 여자가 화를 내는 모습이 보였다. 카르멘을 보는 시선은 적개심으로 가득 차 있었다.

아리셀리스가 다시 다가왔다.

─저 여자, 고집이 세서 생각보다 시간이 걸릴 것 같네. 일단 집 안으로 들어와. 식사라도 같이하자고.

울릭의 군대는 신중하게 접근했다. 아리셀리스가 눈치채지 못하게 사정거리 안으로 들어서는 것이 중요했다. 그다음에는 마법을 퍼부어 집을 통째로 불태워 버리는 것이다. 그 안에 있는 사람은 누구든지 죽어야 했다.

카르멘이라도 마찬가지다. 울릭은 그렇게 마음을 다졌다. 다이아몬드 가문을 이끌 사람으로서 사적인 감정에 지배되어서는 곤란했다.

군대는 애써 가꾸어 놓은 양배추밭을 짓밟으면서 조금씩 전진했다. 모든 전쟁은 농지를 파괴하는 법인데 이 작은 전쟁도 예외가 아니었다. 그들은 양배추의 모양이 이상하다는 것을 눈치채지도 못하고 밭 한가운데로 들어갔다.

어둠 속에서 양배추들이 동물처럼 혼자 꿈틀거리더니 속에 품은 작은 심을 드러냈다. 곧이어 심 안에서 덩굴이 뻗어 나왔다. 덩굴은 울릭이 이끄는 병사들의 다리를 잡았다. 곳곳에서 당황하는 소리가 들렸다.

　마법사들의 몸에 감기는 순간 덩굴은 빛을 내며 갑자기 더 굵어지고 길어졌다. 마치 뿌리가 양분을 흡수하는 것 같았다. 이제는 발목을 타고 올라와 다리를 감싼 다음 허리를 동여맸다. 아무리 힘을 주어도 풀리지 않는 것은 당연했다.

　－마법으로, 마법으로 불태워.

　빛나는 덩굴 덕분에 부하들을 한눈에 보게 된 울릭이 소리를 질렀다. 그러나 그도 그렇게 하지 못했다. 덩굴에 감긴 허리에서 자꾸 힘이 빠져나가는 기분이 들었다.

　나무 집의 문이 열리고 아리셀리스가 걸어 나왔다. 카르멘과 타마스 모녀는 이미 오래전에 떠나고 없었다.

　아리셀리스는 두리번거리며 대장을 찾았다. 울릭을 보는 순간 아리셀리스는 진심으로 반가워했다.

　－울릭, 정말 오랜만이오.

　－정말 그렇습니다, 아리셀리스 님.

　두 사람은 한시도 친한 적이 없었다. 굳이 말하면 어린 시절부터 사이가 좋지 않았다. 서로 너무 다른 인간이라 정을 붙일 수 없었다. 그러나 아리셀리스는 그런 과거를 모두 잊은 사람 같았다.

　－울릭, 부하들에게 힘을 빼라고 명령하시오. 그 마법 양배

추는 사람 몸에 있는 마법의 힘을 흡수하니까. 억지로 힘을 쓰려다가 몸을 크게 다치게 될 거요.

아리셀리스는 허세를 부리고 있지 않았다. 울릭은 부하들에게 힘을 빼라고 소리를 질렀다.

ㅡ울릭, 주변을 보시오. 집 한 채가 덩그러니 있고 사방이 밭이오. 누구라도 함정이 있다고 예상해야 하지 않을까?

아리셀리스의 꾸중은 왕처럼 단호했다. 울릭은 자신이 나중에 아리셀리스를 왕으로 모실 것 같은 불길한 예감에 휩싸였다.

ㅡ마법사 왕이 아끼는 창과 방패가 고작 이렇게 뻔한 함정에 당하다니. 애초에 밭에 들어오지 말아야 했소. 바깥에서 공격했으면 나도 곤란했겠지.

울릭은 어차피 결과가 같았을 거라고 생각했다. 아리셀리스는 그들이 밭 밖에서 공격해도 꿈쩍하지 않았을 것이다.

ㅡ그대들과 길게 나눌 이야기는 없소. 덩굴은 3일 동안 그대들을 붙잡아 둔 뒤에 저절로 시들 거요. 돌아가서 형에게 전해 주시오. 지금은 갈 수 없지만 시기가 오면 내가 알아서 가겠다고.

아리셀리스는 장난스럽게 덧붙였다.

ㅡ아, 그 양배추는 맛이 좋고 수분이 풍부하니 3일 동안 그

걸 뜯어 먹으면서 버티면 될 거요.

루비 카르멘은 충분히 멀리 떨어진 곳에서 그들을 지켜보았다. 옆에는 타마스와 그의 어머니가 함께 있었다. 카르멘이 모녀를 모두 마법사 왕국에 데려가는 것으로 합의가 되어 있었다.

모든 것이 끝나고 나서도 카르멘은 기다렸다.

─그는 돌아오지 않을 거예요.

타마스의 어머니가 말했다.

─알고 있어요. 갑시다.

카르멘은 자신의 말에 모녀를 태우고 걷기를 자청했다. 마차를 구할 수 있는 곳이 나올 때까지는 그렇게 하고 싶었다. 아리셀리스에게 들었던 말 중에서 도저히 떨칠 수 없는 말이 있었다. 다리를 바삐 움직이면서 그 말을 몇 번이고 곱씹었다.

─형이 왜 갑자기 아픈가에 대해 제대로 원인을 아는 사람이 없어. 그건 8년 전 형이 어린 대장장이 왕을 만나면서 비롯된 거야. 형은 그때 자기도 모르게 근원이 되는 힘의 일부를 대장장이 왕에게 심었어. 그래서 다시는 원래대로 회복하지 못하는 거야.

─그걸 어떻게 알았어?

─말했잖아, 그때 난 새장 밖으로 나와 억제된 힘을 되찾았

고 우리는 연결되어 있었다니까. 형의 몸에서 큰 힘이 빠져나가는 것을 느꼈어. 그리고 그 힘은 대장장이 왕에게 넘어갔지. 보지 않아도 뻔히 알 수 있는 일이야.

아리셸리스의 다음 말은 더 희망적이었다.

─대장장이 왕 자신도 몸에 무엇이 들어 있는지 모를 거야. 두 사람이 만나서 형이 그 힘을 되찾으면 다시 기력을 완전히 회복하겠지. 다른 사람이 힘을 꺼내도 운반할 방법이 없어. 형이 직접 대장장이 왕을 만나서 꺼내야 해.

루비 카르멘은 그 정보를 아무에게도 말하지 않으리라 마음먹었다. 심지어 그녀의 가문 사람들도 알아서는 안 되었다.

카르멘은 긴 여행 끝에 타마스 모녀를 마법사 왕국 영토 안으로 들여놓았다. 그리고 짐을 풀 틈도 없이 자신의 마차에 올라 대장장이 신전을 향해 달렸다.

마법사 가문을 상징하는 여섯 보석은

녹색 에메랄드, 붉은 루비, 푸른 사파이어,

투명한 다이아몬드에 검은 오닉스와

여러 색이 다채롭게 섞인 오팔이 더해진다.

뒤의 두 보석이 상징하는 가문의 힘은

앞선 네 가문보다 한미해서

아직 마법사 왕을 배출한 적이 없다.

X

나, 이름을 밝힐 수 없는 관찰자가
에이어리와 용이 나누는 대화를 듣는다

나는 언제나처럼 하늘에 둥둥 떠서 아래 세상을 내려다보고 있다. 시간이 흘러도 나이를 먹지 않고 칼에 찔려도 다치지 않는다. 애초부터 찔릴 수가 없다. 나는 세계 속에 있지만 세계의 법칙과 유리된 존재다.

지금은 대장장이 왕을 보기 위해 생선 알 같은 끈적한 막을 뚫고 들어가는 중이다. 내 몸은 어떤 자연물에도 영향을 받지 않지만 왠지 끈적함이 옮는 기분이 든다. 오랜만에 몸을 한번 부르르 떨어 본다.

용들은 하나같이 취향이 후지기로 유명한데 이 공간의 주인도 예외는 아니다. 색깔이 알록달록하면 예쁘다고 생각한다. 하기는 용들이 인간보다 색을 민감하게 구별하는 탓일 수도 있다. 인간에게 붉은색이 그냥 붉은색이라면 그들에게는 오, 이런, 붉은색이 된다.

나는 공중을 크게 가로지른 끝에 발아래로 용 하나와 인간

셋을 내려다본다. 용은 크룽훙다르흐라고 불렸지만 진짜 이름은 따로 있다. 셋은 대장장이 왕과 경호원과 안내자로 따라온 사람이다.

크룽훙다르흐는 6대 대장장이 왕인 디하우트가 붙여 준 이름이다. 디하우트는 틈만 나면 신전을 비우고 크룽훙다르흐를 만나서 놀러 다녔다. 그때까지만 해도 대장장이 왕은 아무것도 하지 않았으니까. 그저 능력을 대대로 옮기기 위한 그릇에 불과했다.

대장장이 왕들은 각자 별명이 하나씩 있다. 디하우트의 별명은 용의 친구였다. 얼마나 용하고 노는데 정신이 팔렸으면 별명도 그렇게 붙었겠는가.

에이어리의 별명이 수다쟁이가 되는 것은 어떤 갈래에서도 바뀌지 않는 정해진 운명이다. 이 친구는 입을 한시도 다물지 않는다. 어렸을 적에는 과묵했는데 오카브랑 함께 살아서 그렇게 된 모양이다.

크룽훙다르흐가 고개를 든다. 그의 눈은 정확히 내 쪽을 보고 있다.

－냄새가 나는군.

정말 냄새가 나는 것처럼 콧구멍을 벌렁거린다. 나에게는 아주 무례하게 느껴진다. 내려가서 그 콧구멍에 발차기를 먹이고 싶지만 참는다.

-무슨 냄새요?

에이어리가 아무것도 모르는 얼굴로 묻는다.

-그가 와 있소.

-누구 말인가요?

이번에는 에이어리의 멍청한 경호원이 묻는다. 용은 대답하기도 귀찮은 눈치지만 친절하게 대답해 준다.

-훔쳐보기 좋아하는 존재지.

용은 대답하고 다시 고개를 들어 나를 노려본다. 정말 보이는 것은 아닐 게다. 용의 눈알이라고 그렇게까지 특별하지는 않다. 그저 나를 느끼는 정도겠지.

나는 약간 힘을 써서 용의 귀에만 들리는 말을 건다.

-나는 신경 쓰지 말고 그대가 맡은 일이나 하게.

용은 내 말을 알아듣고 놀란다. 그다음 웃기 시작한다. 문제는 용이 웃는 것이 인간이 보기에는 화를 내는 모습과 비슷하다는 점이다. 불쌍한 대장장이 왕 일행은 단단히 오해한다.

에이어리가 뒤로 물러서고 데스커드가 앞으로 나선다. 그의 손에는 막대기가 들려 있다. 그러나 데스커드여, 그대가 아무리 강한들 용 앞에서 무엇을 하겠는가? 그 막대기로 두들겨 패도 용에게는 안마도 안 될 텐데.

용이 마침내 진정되자 대장장이 왕 일행도 긴장을 푼다.

－무엇을 보신 겁니까?

－자유로운 용에게조차 말하는 것이 허락되지 않은 것도 있소.

크룽흥다르흐는 똑똑한 용이라 금기를 잘 알고 있다. 그는 내 정체를 알면서도 밝히지 않고 넘어가 주었다. 그가 앞으로도 장수하게 되는 것은 그런 겸허함 덕분이다. 오만한 용들은 이미 모두 죽었다.

마침내 크룽흥다르흐는 에이어리에게 찾아온 용건을 묻는다. 에이어리는 설명한다. 작은 마을에서 거들먹거리는 클로파스의 간절한 부탁에 대해서. 크룽흥다르흐는 에이어리가 그렇게 사소한 이유로 왔다는 사실에 놀란다.

－이렇게 서른두 번째 대장장이 왕을 만나게 될 줄은.

크룽흥다르흐는 나처럼 미래로 연결되는 가닥을 볼 수 있다. 물론 그의 시각은 아주 좁다. 나처럼 넓은 구역을 보는 것은 아니다. 그러나 그는 32라는 숫자가 가지는 상징에 대해서 이해하고 있다.

－디하우트가 내게 말한 적이 있었지. 서른두 번째 대장장이 왕을 만나게 될지도 모른다고. 그는 사람치고 특이하게도 미래의 조각을 보는 능력이 있었소. 그것도 대장장이 왕의 길,

오로지 한 줄기로 뻗은 길을 볼 수 있었지.

나는 그들의 마지막 만남을 기억한다. 디하우트는 인간이라 쉽게 늙고 힘이 빠졌다. 만남은 용이 신전 근처까지 가서야 이루어졌다. 용은 대장장이 신의 신전 구역에 들어갈 수 없다.

그는 침대에 누워 용에게 예언을 남겼다. 침대는 사면에 손잡이가 달려 네 명이 들어 옮길 수 있게 만든 물건이었다.

— 어쩌면 서른두 번째가 그대를 찾아갈지도 몰라. 완전하게 정해진 것은 아니야. 그러나 갈 거야, 가면 인간사, 세상에 멈출 수 없는 바퀴가 굴러가기 시작하겠지. 모든 시작은 그대를 만나는 것부터야.

나는 그때를 생생히 기억한다. 인간의 목소리에는 힘이 하나도 없었다. 용은 슬픔을 느꼈다. 인간은 계속해서 말했다.

— 그러면 그를 안내해 주게. 그에게 그것을 주어야 하네. 내가 만들어 숨겨 놓은 그것 말이야.

— 어째서 나에게 그런 임무를 맡기는 건가, 친구. 자네는 죽어서 도망가 버리면 그만인가?

— 알고 있지 않나? 여기까지 사는 것도 서른두 번째가 그대를 찾아가는 것도 신의 뜻이야. 나는 친구에게 맡길 임무가 없어. 마지막 부탁을 남기는 거지.

이후로 용은 친구의 죽음을 보고 싶지 않아 몸을 숨겼다. 그는 친구가 말한 바퀴가 무엇인지 짐작하는 바가 있었다. 심지어 어리석은 용의 지혜도 똑똑한 척하는 인간보다는 나은 법이다. 크룽흥다르흐는 용 중에서도 지혜롭다.

용은 그런 역사의 출발점이 되고 싶지 않았다. 인간사에 끼어드는 것은 뒷맛이 개운하지 않았다. 그래서 자기만의 세계를 만들고 은둔했다. 헛된 시도가 될 것을 예상하면서도 그렇게 했다.

크룽흥다르흐는 자기를 찾아낸 에이어리의 사연을 듣고 다시 크게 웃는다. 이제는 대장장이 왕과 경호원도 그것이 웃음이라는 것을 알아차린다. 투란이라는 안내자는 여전히 떨고 있다.

─웃는 것 한번 진짜 요란하네요.

데스커드가 슬쩍 에이어리 옆으로 다가가 말한다.

─그러니까 지금까지 인간과 용이 매일 싸웠던 거야. 저렇게 웃으니까 시비 거는 줄 알았던 거지. 저렇게 웃으면 누구나 때리고 싶지 않겠어?

둘은 매일 그런 실없는 소리를 잘도 해 댄다. 그러니까 나중에 수다쟁이라는 소리를 듣게 되는 거다.

용은 그들에게 식사를 조금 들겠냐고 묻는다. 배고픈 인간들은 물론 거절하지 않는다. 그들은 고기와 과일로만 차려진 식탁을 받는다.

용은 적당히 마법을 부려 그 모든 일을 처리한다. 그러나 용의 마법은 겨우 그 정도이다. 인간 중에는 가끔 아리셀리스 같은 존재가 나온다. 용은 육체의 한계 때문에 그렇게 훌륭한 마법사는 될 수 없다.

나는 그들이 먹는 동안 할 일이 없다. 더 이상 아무것도 먹지 않게 되고 깨달았지만 먹는 일은 참 귀찮다. 용은 가끔 곁눈질로 내 위치를 확인한다.

ㅡ거참, 신경 쓰이게 하는군.

내가 일부러 들리게 중얼거리면 용은 그걸 듣고 껄껄 웃는다. 그러면 에이어리와 데스커드와 투란은 먹다가 긴장해서 손과 입을 멈춘다. 인간에게는 들어도 들어도 적응되지 않는 소리인가 보다. 나도 인간 시절에는 그랬을 것이다.

지루한 인간들의 식사가 끝난 후 용은 에이어리에게 말한다.

ㅡ그대가 다리를 다친 것. 그래서 이름도 없는 마을을 찾아오게 된 것. 신의 대리인이라는 정체를 들킨 것. 마을 사람의 하찮은 부탁을 들어주기로 한 것.

용의 말은 사람들의 말과 같지 않아서 생각과 감정이 묻어나오는 것 같다.

193

―여기까지 그대가 오게 된 과정을 사람들은 우연이라고 부르지. 그러나 우연이라는 것은 사실 없소. 다양한 길이 있을 뿐이지. 이렇게 많은 우연이 겹쳐 우리가 만났다면 그것은 이미 우연이 아니오.

용은 인간의 눈으로 보기에 피곤하고 슬퍼 보인다. 인간과 용의 차이를 떠나서 공유하는 감정이다.

―어쩌면 내가 여기에 쉴 곳을 만든 것은 그대를 만나기 위해서였겠지. 용은 인간이 생각하는 것만큼 똑똑한 존재가 아니야. 똑똑한 척하려고 애쓰다가 항상 물결에 휩쓸리기만 하지.

이 순간만은 나도 존재감을 지운다. 용을 방해하고 싶지 않다.

―내가 지금부터 용의 언어로 그대들에게 말해 보겠소.

그다음 용은 입을 크게 벌리고 바람을 잔뜩 들이마신 다음 내뱉는다. 세찬 바람과 천둥 같은 소리가 세 사람을 덮친다. 그러나 눈에 보이지 않는 것이 더 있다. 나는 눈물이 울컥 솟는 것을 느낀다.

갑자기 세 사람이 바닥에 엎드려 울기 시작한다. 에이어리는 지면에 몸을 붙이고 떨리는 손을 제어하려고 안간힘을 쓴다. 데스커드는 바닥을 떼굴떼굴 구른다. 투란은 머리카락을 움켜쥐고 나오지 않는 목소리로 소리를 지른다.

진정되었을 때 가장 먼저 깨달음을 얻은 것은 에이어리다. 따지고 보면 에이어리만 얻을 수 있는 깨달음이다.

─대장장이 왕의 문자.

─그렇소.

─어떻게?

─원래 우리의 언어니까. 우리는 말속에 정보와 감정과 환경과 그 밖의 것들을 모두 넣어 전달하지. 한마디 말로 인간의 천 마디를 대신하는 거요. 디하우트는 그걸 새로운 문자로 표현했지.

─맞아, 대장장이 왕의 문자를 만든 사람은 디하우트 님이었어. 그래서 대장장이 왕의 역사를 배우면서 디하우트 님이 천재라고 생각했는데.

─천재인 것은 맞소. 다만 그가 문자의 모든 것을 새로 창조하지는 않았다는 거지.

용은 드디어 비밀을 털어놓게 된다. 나는 이 순간을 보기 위해 온 것이다. 사실 듣기 전까지는 나도 무슨 비밀을 듣게 될지 몰랐다. 어떤 것은 뚜렷하지만 어떤 것은 희미하게 보이니까.

─디하우트 님이 용과 놀러 다니기만 하던 놈팡이가 아니

었다니.

용은 에이어리의 감탄을 못 들은 척하고 계속 말한다.

─ 디하우트는 나중에 그 문자를 개량했지. 하지만 아무에게
도 보여 주지 않고 어느 동굴 안에 숨겨 놓았소. 나중에 32대
가 찾아오면 그 장소를 나에게 알려 주라고 했지. 그때쯤이면
세상에 나와야 한다고.

나는 용의 말이 미래와 연결되는 것을 보았다. 역시 이 만남
에는 의미가 있다. 그것이 좋은 결과를 불러오건 그렇지 않건
간에 말이다.

용은 긴 팔을 뻗어 폭포 쪽을 가리킨다.

─ 저쪽으로 산 두세 개를 넘으면 문자를 찾을 수 있소. 어렵
지 않을 거요. 그대는 대장장이 왕이라 문자에 가까이 가면 느
낄 테니까.

뾰족하게 솟은 봉우리는 주먹으로도 가려질 만큼 작게 보
인다. 첫 번째 산까지도 며칠은 걸어야 한다. 두 번째 산은 아
예 그들이 서 있는 곳에서 보이지도 않는다.

─ 그렇다면.

에이어리는 본래 용을 찾아간 용건을 다시 꺼낸다. 마을 사
람들은 용이 경치를 꾸민답시고 폭포를 만드느라 끌어다 쓴
물을 일부라도 되돌려 받기를 원한다. 인간들에게 물을 나누

어 줄 생각이 있는가?

그동안 방관자처럼 서 있던 투란이 앞에 나서서 용에게 호소한다. 용은 반응 없이 투란의 이야기를 가만히 듣는다.

크룽흥다르흐는 다 듣고 나서 기꺼이 그렇게 하겠다고 말한다. 인간을 생각해서가 아니라 디하우트의 후계자가 부탁하는 일이라서다. 그러나 폭포는 그의 조경에서 중요한 부분이니 물은 반만 양보할 거라고 한다. 투란은 그것만으로도 감사하다고 대답한다.

크룽흥다르흐와 에이어리는 방금 만났지만 오랜 친구처럼 애틋하게 손을 맞잡으며 작별한다. 아마 디하우트가 그전에 마지막으로 그런 인사를 나눈 사람일 것이다.

— 또 만날 수 있을까요?

— 아마도. 그러나 다음에 만나는 장소는 여기 내 작은 집이 아닐 것 같소.

다음 순간 나를 포함해서 방문자들은 숲으로 밀려난다. 에이어리는 허공에 팔을 뻗어 말랑말랑한 벽 같은 것을 만진다. 그러나 손에 힘을 주지 않고 그냥 뒤돈다.

— 자, 가자.

— 어디로요?

데스커드가 투란 쪽을 보며 묻는다.

- 당연히 마을이지. 물이 나올 테니까 이제 귀찮게 하지 말라는 소식을 전하고 디하우트 님의 유산을 찾으러 가야지.

에이어리는 몸을 돌려 투란에게 단단히 주의를 준다.

- 오늘 있었던 일은 평생 꿈처럼 생각하는 것이 좋아요. 아무에게도 말하지 말아요. 마을 사람들이 찾아와서 크릉흥다르흐를 귀찮게 하면 곤란해요. 저 친구의 마음이 어떻게 변할지 모르니까.

투란은 에이어리가 왕의 위세를 담아서 말하자 입을 벌리지 못한다. 그러나 간신히 말할 수 있게 되었을 때 서둘러 왕과 경호원의 앞을 막는다. 딴에는 대단한 용기를 짜낸 것이다.

- 제가, 이번에도 제가 안내할게요. 길을 모르시잖아요?

에이어리는 대답 대신 데스커드를 본다. 데스커드는 머쓱한 마음에 머리를 긁적인다.

- 왜 절 보세요?

- 아니다, 됐어.

그들은 마을에 들러 소식을 전하고 잠시 쉬고 곧바로 다시 출발한다. 그 여정을 자세히 설명하고 싶지는 않다. 에이어리와 데스커드는 쉴 새 없이 떠든다.

둘의 농담은 하나도 재미가 없다. 내가 오래전에 사람이었던지라 유행에 뒤처진 탓이 아니다. 관찰자는 최신 유행을 모두 볼 수 있는 사람이다.

투란은 두 사람이 만든 말의 벽을 좀처럼 뚫지 못해서 억지로 과묵해진다. 무료하던 일상에 갑자기 대장장이 왕이 찾아오더니 용을 만났다. 얼마나 현실적으로 상황을 받아들이고 있을까?

셋은 며칠간 목적지를 향해 걷기만 할 것이다. 그래서 나는 여러 나라를 잠시 돌아볼 틈을 얻는다.

일단 황제를 내 멋대로 알현한 다음 제국을 둘러본다. 제국은 여전히 풍요로우나 달콤한 향기 속에 썩은 냄새가 난다. 과일도 너무 익으면 그때부터는 맛이 떨어지는 법이다.

레푸스 대공은 옛 스승을 만나고 돌아와 한창 야심을 키우고 있다. 여섯 공국을 합쳐 왕이 되겠다는 꿈이다. 그러나 피가두 부인의 해산이 가까워 오자 잠시 정치적 문제를 내버려 둔다.

제국에서 머무는 가르젠은 매일 분통을 터뜨린다. 어째서 대장장이 왕이 오지 않는지 위대한 조언자에게 따져 묻는다. 위대한 조언자는 차분하게 기다리라고 그를 타이른다.

아리셸리스는 여전히 두더지처럼 숨어 있다. 그런 힘을 가지고 있는 사람이 어째서 숨는지 묻는 사람이 있다. 어리석은 질문이다. 그런 힘을 가지고 있어서 숨는 것이다.

그러나 그는 곧 행동할 순간이 왔다는 것을 알고 있다.

그밖에도 놋과 애커와 루 도인 같은 나라들에 대해 말하자면 끝이 없을 것이다.

다시 돌아가 보니 에이어리가 마침내 찾아낸 동굴 앞에 가만히 앉아 있다. 옆에는 키만 크고 멍청해 보이는 그의 경호원이 앉아 있다. 그 옆에는 건강해 보이는 여자가 역시 그냥 앉아 있다.

나는 무슨 일이 일어났는지 알아서 웃음부터 나온다.

에이어리는 제법 포기할 줄 모르는 인간이라 곧바로 다시 도전한다. 마치 내가 온 것을 알고 뭔가 보여 주려는 것 같다. 물론 에이어리는 나를 느끼지 못한다.

에이어리가 동굴 가까이 다가서자 그 기운이 에이어리에게 영향을 미친다. 에이어리는 슬픔과 무기력함과 동굴에서 멀어지고 싶은 마음을 느낀다. 그는 흥건해진 눈을 닦으며 두 사람에게 돌아간다. 그리고 시간이 조금 지난 다음 정신을 차린다.

-내가 지금 뭐 하고 있는 거지? 얼른 동굴에 접근해 디하우트 님이 남기신 것을 찾아야지.

그렇게 말해 놓으면 갑자기 머릿속에 잔상이 밀려든다. 그러면 자신의 어리석음을 한탄하면서 앉아 있게 된다.

- 어째서 저런 함정을 설치해 놓았을까요?

데스커드의 눈을 보면 그도 몇 번 접근했다는 것을 알 수 있다.

- 오랜 기간 사람들이 접근하지 못하게 막는 거라면 그보다 좋은 방법이 있을까? 아예 접근하고 싶다는 생각을 버리게 만드는 거지. 그래도 디하우트 님은 좋은 사람이야. 더 무서운 생각이 들게 할 수도 있었어.

- 하지만 32대 대장장이 왕이 올 줄 알았다면서요? 그러면 최소한 대장장이 왕은 들어올 수 있게 했어야죠.

- 바로 그거야. 디하우트 님은 내가 들어올 수 있게 하셨을 거야. 그 방법을 나만 모르는 거지.

- 죄송하지만 저 생각난 게 있어요.

에이어리와 데스커드가 역시 눈에 물이 고인 투란을 재촉한다.

- 만약 저게 사람한테만 통하는 거라면 동물한테는 안 통하지 않을까요?

나는 좋은 구경거리를 놓칠 수 없어서 환호성을 지른다. 그 사이 대장장이 왕과 나머지 두 사람은 가까운 마을을 찾아 나선다. 그리고 눈빛이 사악한 염소 한 마리를 구해 온다.

아, 정말 대단한 광경이다. 그 무서운 눈 속에 물을 가득 머금고 매 소리를 내며 달려오는 염소라니. 데스커드는 염소가 다칠까 봐 목줄을 당기지도 못하고 같이 끌려간다. 에이어리 와 데스커드와 투란의 망연자실한 표정이 그렇게 잘 조화를 이룰 수 없다.

바닥을 떼굴떼굴 구르며 웃고 싶은데 몸이 떠 있는 것이 한 이다. 아무래도 당분간은 해결할 가망이 없을 것 같다. 대장장 이 왕이 앉아서 고민하고 데스커드와 투란이 염소를 다시 팔 러 마을로 걸어갈 때 나는 문득 잊고 있던 사람 하나를 떠올린 다.

에이어리의 스승 오카브의 생사는 어찌 되었을까? 아무래 도 그에게 가 보아야겠다.

용의 언어를 모방해서 만든 대장장이 왕의 문자는

단순히 말을 기록하는 수단이 아니다.

그 속에 쓰는 사람의 감정과 주위의 분위기까지

언어의 한계를 뛰어넘는 내용을 담아 전달할 수 있다.

그러나 어디까지나 그 문자를 읽을 줄 아는

사람에게만 통하는 일이다.

지금까지는 그랬다.

XI

권력을 잃고 반역자가 된 모제스가
플리니 공국으로 흘러들어 새로운 대장을 만난다

모든 영웅에게는 탄생에 얽힌 신비한 이야기가 있다. 모제스는 그런 영웅들과 비교될 정도로 대단한 사람은 아니다. 그러나 자기가 태어난 작은 마을에서는 가장 눈에 띄는 인물이 될 예정이었고 그 탄생부터 평범하지 않았다.

모제스가 태어난 작은 마을은 특이하게도 갈색 마을이라는 이름이 붙었다. 이 마을 집들은 보온을 위해 나무껍질을 벗겨 외벽에 다닥다닥 붙여 놓았다. 멀리서 보면 갈색 지붕만 눈에 들어와 갈색 마을이 되었다는 말이 있었다.

모제스의 어머니는 결혼하자마자 남편이 병으로 죽어 젊은 나이부터 혼자 살았다. 평생 그렇게 살게 되리라고 본인도 반쯤은 체념했다.

어느 마을이나 일 년에 한 번 정도는 축제가 벌어진다. 사람들은 그날에 그동안 꾹꾹 눌러 두었던 감정을 폭발시킨다.

모제스의 어머니는 남편이 죽은 후로 항상 그랬고 그날도 축제에 참여할 생각이 없었다고 했다. 그녀는 그저 땔감을 구하러 나갔을 뿐이다. 그런데 술에 취한 사람들이 어지럽게 흩어져 있는 숲에서 누군가를 만났다. 그는 평범한 마을 사람과 외모가 조금 달랐다.

모제스는 그 일로 인해서 태어났다.

마을 사람들은 어머니와 아들을 볼 때마다 손가락질했다. 어른 남자들은 지나가다 모제스를 보면 바닥에 침을 뱉었다. 어른 여자들은 자식들이 모제스와 어울리지 못하게 했다. 그 정도로 끝났으면 다행일 것을 모제스를 놀리는 것이 아이들의 놀이가 되었다.

아이들이 어른의 적개심을 아주 쉽게 흡수해 버렸던 것이다. 마을의 단합을 위해서 사람들은 언제나 그런 희생을 요구했다. 모제스와 어머니는 참으로 적당한 대상이었다. 죄책감은 모두의 동의 속에 금방 희미해졌다.

모제스의 체격은 다른 아이들과 비슷했다. 다만 그는 피부가 조금 더 진했다. 마을의 이름과 잘 어울리는 멋진 구릿빛 피부는 매끄럽고 단단했다. 그는 그렇게 빛나는 몸을 남들보다 날래게 움직일 수 있었다.

어느 날 모제스는 막대기 하나에서 영감을 얻었다. 만약 그들이 자꾸 헛소리를 늘어놓는다면 그것은 아무래도 뇌의 문제다. 그렇다면 뇌에 충격을 주어서 그들을 고칠 수 있다. 의사는 아니었지만 모제스는 확실히 고칠 자신이 있었다.

모제스는 자신이 그들을 고치려고 할 경우 생길 문제를 예상했다. 그들의 머리통이 붓고 터지고 피도 좀 날 것이다. 그들의 부모님이 찾아와서 어머니를 괴롭힐 것이다.

그렇다고 가만히 있으면 어떻게 되는가? 지금처럼 굴욕을 감내하며 살아야 한다. 그는 고귀한 마음으로 참아 줄 생각도 있었지만 다른 사람이 이해할지 두려웠다. 그냥 천한 겁쟁이 자식이라고 생각하지 않을까?

그래서 주머니칼로 열심히 나무를 깎아 막대기를 하나 만들었다. 길이가 어깨너비 정도라서 들고 다니기도 숨기기도 쉬웠다. 묵직해서 한 방에 효과를 보기 충분하면서 손에 착 감겼다. 매끈하게 다듬은 덕분에 두들겨 맞은 사람의 머리통에 가시가 박힐 염려도 없었다.

그는 막대기에 존이라는 이름도 붙여 주었다. 존은 어렸을 적 단 한 번 찾아온 그의 아버지가 그에게 준 애칭이었다.

─우리 나라에서는 어린 시절 쓰는 이름과 어른이 되어서 쓰는 이름이 다르지. 이 아이는 존이라고 불리다가 커서 모제스가 될 거야.

어머니는 정말로 아버지가 그렇게 말했다고 했다. 자꾸 들다 보니까 덩치가 커다란 아저씨가 자신을 존이라고 불렀던 기억이 날 것도 같았다.

모제스는 존을 본격적으로 사용하기 전에 원칙을 정했다. 아무나 때리지는 않는다. 마을 사람들 전체를 적으로 삼을 수는 없다.

그를 보고 땅에 침을 뱉는 자를 때리지 않는다. 그를 보고 딱하다는 눈빛을 보내는 자를 때리지 않는다. 그를 보고 먼 길로 피해 가는 자를 때리지 않는다.

그를 보고 다가와서 아비 없는 자식이라고 놀리는 자를 때린다. 괜히 몰려와서 어깨로 툭툭 치며 시비를 거는 자를 때린다. 밤마다 그의 집 앞에 와서 돌멩이를 던지는 자를 때린다.

모제스는 어머니에게 존에 대해서도 원칙에 대해서도 말하지 않았다. 하지만 금방 들킬 예정이었다. 하필이면 존이 완성된 날 밤에 심심해진 아이들이 돌을 던지러 왔던 것이다.

지금까지는 가만히 참기만 했었다. 그래서 아이들도 모제스가 나올 것이라고 기대하지는 않았다. 모제스는 불을 켜고 막대기를 들고 분연히 일어섰다. 어머니가 그의 손을 잡았다.

– 나가면 안 된다.

– 왜요? 걱정하지 마세요. 제가 맞는 게 아니라 때릴 거예요.

─그러면 이 마을에서 쫓겨나게 된다.

─괜찮아요. 죄인이 아닌데 죄인처럼 주눅 들어 사는 것은 질렸어요. 저 아이들에게 가르쳐 줄 거예요.

어머니는 더 말하지 않고 아들의 눈을 보았다. 그 속에 두려움이 있는지 샅샅이 살피려는 것 같았다. 모제스에게 두려움은 없었다. 그 눈빛은 자신이 눈치채지 못했지만 아버지의 눈빛이었다.

어머니는 지켜보기만 할 뿐 아무 말도 더하지 않았다. 모제스는 몽둥이를 다잡고 문의 빗장을 열었다.

남자 셋, 여자 하나는 평소에도 그를 놀리던 집단이었다. 어렴풋한 빛으로도 얼굴을 구별하기는 어렵지 않았다. 나이는 다들 모제스보다 조금 더 많았다. 모제스는 딱 네 번만 휘두르겠다고 생각했다.

─뭐야, 나왔잖아?

그들은 잠깐 당황한 듯했으나 곧 자신들의 머릿수가 더 많다는 것을 깨달았다. 그들은 네 명이고 모제스는 혼자였다. 모제스는 오른손을 등 뒤로 감춰 그들이 존을 보지 못하게 했다.

─지금이라도 이 짓거리를 그만두고 사과할 기회를 줄게. 오늘을 놓치면 다시는 사과할 기회가 없을 테니까.

─천한 것이 이제 미치기까지 했구나. 네가 태어난 것이 우

리한테 사과해야 할 일인데.

모제스는 눈을 잠시 감았다 떴다. 평소처럼 화가 나지 않고 아주 침착한 기분이 들었다. 존이 그의 등에 느껴지기 때문인 것 같았다.

모제스는 망설이지 않고 뛰어들었다. 그들은 어떻게 행동해야 할지 몰라 엉거주춤했다. 도망친다면 모제스에게서 도망친 사람이 된다는 사실이 그들을 망설이게 했다. 모제스의 팔이 옆으로 뻗으며 존이 나타났다.

모제스는 피할 시간 따위를 주지 않았다. 맨 앞에 선 아이의 머리를 치료하고 나머지가 도망갈 틈 없이 세 번 더 존을 휘둘렀다. 딱, 딱, 딱, 딱. 그들은 소리를 질렀지만 정작 치료가 끝나고 아무도 바닥에 눕지 않았다.

－오늘은 이 정도 소리만 나겠지. 다음번에는 뭐가 부러지는 소리가 날 거야.

모제스는 그들을 내버려 두고 집 안으로 돌아와 잠자리에 들었다. 돌멩이가 벽에 부딪히는 소리는 다시 들리지 않았다. 그날뿐 아니라 앞으로도 영원히 들리지 않았다.

믿을 수 없는 일이지만 그 일 이후로 모제스에 대한 평가가 올라갔던 것이다. 모제스로서는 이유를 알 수 없었다. 여전히 그를 피하고 무리에 넣어 주지 않았지만 그 속에 경외가 약간 담겨 있었다.

모제스는 충분히 만족했다. 누가 괴롭히지 않으면 불만이 없었다.

그리고 몇 년 지나지 않아 그들의 왕 무스텔라가 황제에게 권력을 빼앗겼다. 나라에서 공권력이 전부 사라져 버렸다. 사방에서 도적과 강도가 횡행했다.

어느 날 마을 사람 몇 명이 모제스를 찾아왔다. 젊은 사람들이 아니고 마을에서 발언권을 가진 사람들이었다. 모제스는 등에 존을 숨기고 그들을 맞이했다. 이제 본색을 드러내 그를 쫓아내려고 든다면 뇌에 충격을 줄 생각이었다.

－자네가 마을 자경단을 이끌어 주어야겠어. 나라가 망했으니 우리를 지킬 사람은 우리밖에 없어.

모제스로서는 전혀 생각하지 못했던 제안이었다.

－자네를 대장으로 삼을 거야. 젊은 녀석 중에 쓸 만한 놈들을 부하로 쓰라고. 훈련도 좀 시키고 무기도 만들고 해서 우리 마을을 지키는 거야. 딴소리하는 인간이 없게 할 테니까 좀 도와주게.

옆 사람이 그렇게 거들었다.

－이런 혼란스러운 시기에는 보통 사람을 믿을 수가 없어. 자네 같은 인물만 믿을 수 있거든. 자네가 우리를 지켜 주게.

모제스는 생각할 시간을 달라고 하고 그들을 보냈다. 어머니는 집 안에서 모든 대화를 듣고 있었다.

–얘야, 뭘 망설이니?

–저 사람들이 자기들을 지켜 달래요.

–그래, 나도 들었다.

–저 인간들은 우리를 사람 취급도 안 하던 것들이에요.

–하지만 이제는 해 준다지 않니? 못 할 것 같아서 두려운 거니?

–아니요, 그 정도는 아주 쉬워요.

–그렇다면 하면 되는 거다.

모제스는 그렇게 마을을 지키면서 사실상 다스리게 되었다. 그는 그런 쪽에 재능이 있었다. 젊은이들을 훈련하고 그들을 이끄는 일이 즐거웠다. 그중 절반 정도는 존으로 치료를 받았던 사람들이었다.

모제스가 처음 그 일을 맡았을 때는 아직 열여섯이 되기도 전이었다. 그는 금방 성인이 되었고 머리와 몸이 더 자랐다. 근방에서 갈색 마을처럼 안전한 곳은 없었다.

그래서 주변 사람들이 이주해 오기 시작했다. 그들이 마을에서 받아들여지려면 모제스에게 충성을 맹세해야 했다. 처음 모제스에게 부탁했던 사람들은 그때 처음으로 후회를 내

비쳤다. 그러나 그들에게 모제스와 맞설 힘은 이미 없었다.

갈색 마을은 더 커지고 부유해졌다. 모제스는 그곳을 다스리는 작은 왕이 되었다. 그런 상황이 평생 이어지기를 바랐다. 실제로 10년이 넘도록 그런 상황이 이어졌다.

모제스는 매일 밤 제대로 잠드는 일이 없었다. 그는 경비를 세워 두고도 밤마다 나가서 꼼꼼히 확인해야 안심했다. 추위와 더위를 무릅쓰고 마을을 지키느라 제 나이보다 몇 살 더 들어 보였다.

스타인의 복잡한 정세는 모제스를 시기했다. 그가 맡은 역할이 영원하도록 내버려 두지 않았다. 황제가 다시 스타인에 개입했다.

스타인이 무법천지가 된 것을 황제는 깊이 슬퍼한다. 스타인이 회복되는 것을 무스텔라와 그 자손에게만 맡겨 둘 수는 없다. 그런 명목으로 스타인은 여섯 조각으로 찢어졌다.

왕자인 레푸스가 한 조각을 받고 사촌 오레스테스도 한 조각을 받았다. 이유는 모르겠으나 학자 플리니도 한 조각을 받았다. 스타인에서 세력이 특히 강한 귀족인 피가두와 르네 가문이 한 조각씩 받았다.

마지막으로 가장 큰 조각, 제국과 가깝고 생산력이 좋은 부유한 지역은 아크마트라는 인물이 받았다. 출신이 불분명한 그는 황제가 아끼는 측근이라고 했다. 모제스가 다스리는 마을은 아크마트 공국 안에 속하게 되었다.

모제스는 그때 이십 대 중반이 지나 있었다. 한창 힘이 왕성하고 좋을 때였으나 사용할 일이 사라졌다. 새로 파견된 관리는 모제스를 찾아와서 인사를 하고 갔다. 그는 모제스를 마을의 실력자로서 깍듯하게 대우했다.

- 그러고 보니 아크마트 대공께서 영지를 순찰하시다 이곳을 지나신다고 합니다. 교통의 요지이고 또 큰 마을이니까요. 괜찮으시다면 알현할 기회를 마련하면 어떨까요?

모제스는 망설이지 않고 거절했다. 다른 사람들과 함께 멀리서 지켜보는 것으로 만족한다고 했다. 집에 돌아가서 그 이야기를 했더니 어머니는 벌컥 화를 냈다.

- 어째서 그분을 직접 뵙는 것을 받아들이지 않았니? 너를 보고 합당한 대우를 해 주실 수도 있는데?

- 제국 사람이 스타인 사람을 한 번 보고 쓸 리가 있겠어요? 그보다 저한테 합당한 대우라는 게 대체 뭔데요? 그 사람이 보기에 저는 그냥 시골의 폭력배나 다름이 없을 텐데요.

어머니는 싸울 가치도 없다는 듯 손을 저었다. 모제스는 고개를 설레설레 저으며 집 밖으로 나왔다.

공식적인 일정이란 미뤄지고 또 미뤄지기 일쑤라 아크마트는 두 달 뒤에 왔다. 모제스는 멀리서 그를 보았다. 그는 일부러 모두에게 잘 보이도록 지붕과 벽이 없는 마차에 타고 있었다. 소매 사이로 강건하고 다부진 팔이 드러났는데 모제스처럼 피부색이 진했다.

머리 일부를 땋아 뒤로 묶은 것은 제국이 아니라 북쪽 야만족의 풍습이었다. 그는 흔들리는 마차 위에서 손잡이가 없어도 중심을 잃지 않았다. 일부러 그런 모습을 보여 주기 위한 행차였다.

사람들은 소리를 지르며 환영했다. 개중에는 불만이 섞인 자의 욕설도 섞였을 것이다. 그러나 기뻐하는 사람들의 소리가 더 컸다. 그래서 전체적으로는 그런 분위기로 흘러갔다.

아크마트는 환영 행사에 참석한 모두에게 술과 음식과 돈을 주었다. 대중의 환심을 사기가 얼마나 쉬운지 모제스 앞에서 뽐내는 것 같았다. 밤마다 몸소 마을을 지키던 모제스는 그런 수법이 마음에 들지 않았다. 그래서 그는 새로운 대공의 값싼 선물을 거부했다.

－제국의 개다.

옆에서 누가 그렇게 중얼거렸다. 호위하는 병사들에게 잡힐까 봐 소심하게 내뱉는 소리였다.

아크마트의 시선이 군중을 훑다가 모제스에게 고정되었다.

모제스는 적어도 그렇게 느꼈다. 아크마트는 이채롭다는 듯이 그에게서 눈을 떼지 않았다. 모제스가 먼저 시선을 떨구었다.

모제스는 터벅터벅 걸어 집으로 돌아왔다. 어머니는 구경하는 행렬에 참여하지 않았다.

－어땠니?

－대단하던걸요. 진짜 통치자처럼 보였어요.

－그랬겠지.

－가까이서 볼 수 있었다면 좋았을 뻔했어요. 황제의 신하는 뻔하디뻔한 기름진 인간들일 거라고 생각했는데. 한번 대화를 나눠 보고 싶더라고요.

－아직 늦지 않았다. 네가 원한다면 관리에게 부탁해서 자리를 마련해 볼 수도 있어.

－됐어요. 만난다고 한들 무슨 얘기를 하겠어요. 여기 갈색마을을 달라고 할까요?

－그럴 수도 있지.

어머니는 분명히 작은 비밀을 가지고 있는 것처럼 보였다. 모제스가 그걸 알아차린 것은 일을 되돌리지 못할 지경이 된 다음이었다.

그 무렵 한량이 된 모제스에게 접근하는 사람이 있었다. 그는 이름이 피에스라고 했는데 몸이 약하고 입만 빠른 사나이였다. 모제스는 그를 좋아하지 않았지만 자주 눈에 띄는지라 인사는 나누는 사이가 되었다.

피에스는 입만 열면 나라 이야기를 꺼냈다.

ㅡ스타인이 다시 하나가 될 수 있을까? 레푸스 왕자가 진정 왕이 될 날이 올까?

모제스는 그런 일에 전혀 관심이 없었다. 왕이고 왕자고 어떻게 되든지 자신의 삶과 무슨 상관이 있을까? 오히려 그런 얘기를 아무 곳에서나 떠들고 다니는 피에스가 마음에 들지 않았다.

알고 보니 피에스는 수상한 비밀 집단에 가입한 모양이었다. 그 단체는 아크마트를 몰아내고 왕자와 연합해 나라를 되찾는 것이 목적이었다. 피에스는 거기에서 제법 높은 지위를 차지하고 있었다.

모제스가 보기에는 그것이 문제였다. 피에스 같은 사람들을 모아다가 무슨 반역을 일으킨단 말인가. 피에스는 막대기도 제대로 휘두르지 못할 위인이었다.

어느 날은 아크마트의 병사 몇 명이 집을 찾아왔다.

ㅡ혹시 피에스라는 자와 친하게 지내지 않소?

말을 건 병사는 과거 갈색 마을의 지배자였던 모제스를 따로 예우하지 않았다. 모제스도 그 무렵에는 그런 것을 크게 기대하지 않았다.

－몇 번 같이 얘기를 나누고 술을 마신 적도 있소. 하지만 그렇게 친한 사이는 아닌데.

－그가 무언가 이상한 말을 한 적 없소? 반역이라든가.

모제스는 질문하는 병사를 유심히 보며 물었다.

－당신도 스타인 사람인가?

－그, 그렇소.

－스타인 사람 중에는 술이 들어가면 그런 말을 떠드는 사람들이 많지. 자기가 내뱉은 말을 지킬 수 있는 위인이 아니오.

병사는 멋쩍어하며 돌아갔다. 모제스는 어째서 자신이 피에스의 편을 들었는지 이해하기 어려웠다.

그러다가 어느 날 밤에 어둠 속에서 두들겨 맞는 피에스를 발견하게 되었다. 정확히 말하면 피에스가 그를 발견했다.

－모제스, 나를 도와주게. 이대로 죽게 생겼어.

목소리를 듣기 전에는 피에스인 줄도 몰랐다. 모제스는 갈색 마을의 지배자에서 내려온 이후로 뭔가 정신이 항상 멍했다. 그래서 상황을 제대로 파악하지 못하고 등허리에 꽂고 다니는 존부터 꺼냈다.

피에스를 때리는 사람은 세 명이었다. 모제스는 희미한 달빛을 받으며 세 사람에게 존을 휘둘렀다. 이상하게 그들의 몸이 두껍게 느껴졌다. 그들은 무기를 꺼낼 틈도 없이 모제스에게 맞아서 쓰러졌다.

－모제스, 역시 당신도 반역자였어.

그 목소리를 듣자 모제스의 목덜미가 서늘해졌다. 집으로 찾아와 피에스에 대해 물었던 병사였다. 그러고 보니 존으로 그들의 몸을 때릴 때 두꺼운 느낌이 나던 이유가 있었다. 그는 갑옷을 입은 사람을 때린 것이었다.

피에스는 몸을 벌벌 떨며 일어나더니 모제스에게 명령하듯 말했다.

－이들을 죽여서 증거를 없애야 해, 모제스.

－미쳤어? 난 이제 아무도 죽이지 않을 거야.

모제스는 과거에 마을을 보호하면서 때려죽였던 강도들을 떠올렸다. 설득에 실패한 피에스는 대신 모제스의 팔을 잡아끌었다.

－그러면 어서 우리 조직의 은신처로 피신하자고.

모제스는 그때 그의 손을 뿌리치지 못한 것을 나중에 후회했다. 먼저 집으로 달려가서 어머니에게 상황을 설명해야 했다. 정신을 차렸을 때는 이미 그의 집 주변을 병사들이 지키고 있었다. 당시에 조금 더 신중하지 못했다는 후회가 그에게 평생을 함께할 불면증을 선물했다.

– 이렇게 된 김에 우리와 함께 일하는 것이 어떻겠나?

그날 밤 피에스는 은신처에서 그를 은근히 회유했다.

– 미안하지만 당신 같은 인간하고는 안 해.

모제스는 그렇게 말하며 은신처라고 부르기도 초라한 농가를 박차고 나갔다. 피에스와 동료들은 그를 말릴 엄두를 내지 못했다.

모제스는 감시의 눈을 피해 낮에는 숨어서 자고 밤에만 걸었다. 그는 방향도 모른 채로 무작정 걸었는데 주변 풍경이 변하는 것이 느껴졌다. 공기가 차가워지고 햇빛이 따갑게 느껴지고 바람에 피부가 베이는 느낌이 들었다. 그는 그렇게 괴물이 다스린다고 일컫는 땅에 들어섰다.

– 또 옛날에 잘나가던 시절 생각이나 하고 있지, 모제스?

모제스가 턱을 괸 주먹을 펴고 허리를 꼿꼿하게 세우며 앉았다. 질문한 사람은 처음 플리니 공국에 왔을 때 그가 도전했던 상대였다. 그는 정말 어렵지 않게 모제스를 때려눕혔다.

– 아닙니다, 슈타이어 대장님.

모제스는 고개를 강하게 젓더니 변명하듯 말했다.

– 어머니 생각을 좀 했어요.

슈타이어의 세 용사는 슈타이어 본인과

까마귀 발톱 시절의 부하 베르크만과

스타인 출신의 모제스로 구성되어 있다.

슈타이어의 세 용사면 슈타이어를 제외하고

세 명이 되어야 하는 것이 아니냐고 묻는 것은

크게 의미가 없다.

스타인 사람들의 숫자 감각은

가끔 상식을 벗어날 때가 있는 까닭이다.

선조의 피 열두 방울을 가지고 태어나

술을 진탕 마신 끝에 오줌으로 다 빠져나가고

세 방울만 남았다고 오줌 세 방울이라는

별명이 붙은 레푸스 왕자 역시

그렇게 따지면 이상하기는 마찬가지다.

굳이 계산해 보면 오줌 아홉 방울이 맞고

피 세 방울이 맞는 것이다.

XII

마음이 불안해진 다사가 오카브를 묶은
줄을 풀어 주지만 여정은 계속 이어진다

어둔 밤 발을 옮길 때마다 오카브의 시선은 줄곧 하늘에 머물러 있었다. 그는 주로 하늘에 밝게 빛나는 별 하나만을 보았다. 여행자와 뱃사람의 이정표가 된다는 별이었다. 별의 이름이 데네브라서 젤레즈니 왕국의 손님이었던 시절을 떠올릴 수밖에 없었다.

당시 공주였던 데네브와 처음 둘이서 대화를 나누었던 날에는 연회가 열렸다. 비록 왕이라고 불리나 귀족이 아닌 오카브에게는 불편한 자리였다. 대장장이 신을 믿지 않는 젤레즈니의 젊은 귀족들은 그를 광대나 무당처럼 취급했다. 그때 젤레즈니의 분위기는 대장장이 왕에게 우호적이지 않았다.

몇 명이 그에게 신의 기적을 보여 달라면서 비꼬는 말을 했다. 그들의 정중한 태도는 축제에서 뽑은 가짜 왕을 대하는 것처럼 가식적이었다.

ㅡ신의 기적으로 그대들을 전부 이 자리에서 땅에 묻을 수

도 있소. 하하하.

오카브는 그런 끔찍한 농담을 하며 실제로 그런 짓을 저지르지 않으려고 연회장을 떠났다. 열기로 가득한 공간을 벗어나자마자 차가운 밤공기가 몸에 달라붙었다. 처음으로 제대로 숨을 쉬는 것 같은 느낌을 받았다. 안에서 마셨던 것은 공기가 아니라 카니세리움의 향기로운 트림 같은 것이었다.

오카브는 빛에서 멀어질수록 손을 뻗어 더듬거리며 앞으로 나아갔다. 가끔 손가락에 닿는 정원수 이파리의 까칠까칠함이 기분 좋게 느껴졌다. 어둠 속에서 무언가를 더듬어 만진다는 것이 살아 있다는 느낌을 충족시켰다. 그는 손으로 만지고 만들어 내야 생기를 느끼는 대장장이 왕이었다.

그러다가 그의 손가락이 사람의 피부를 찔렀고 상대방은 소리를 질렀다. 오카브는 어디서 들어 본 목소리라고 생각하다가 상대방의 정체를 알아차렸다. 그를 초청한 왕의 하나밖에 없는 딸이었다. 어째서인지 몰라도 공주는 홀로 나와 있었다.

오카브는 큰 실례를 저질렀다고 정중하게 사과했다.

– 괜찮아요, 밤이니까. 그런데 누구죠?

– 오카브, 대장장이 왕입니다.

그렇게 자신을 소개하는 것이 왠지 부끄럽게 느껴졌다. 그는 대장장이 신에게 마음 깊이 사죄하는 기도를 드렸다.

– 대장장이 왕이 여기에서 뭐 하시는 거죠? 연회장의 모든 사람이 관심을 보일 텐데요.

조금 전에 찔린 탓인지 공주의 목소리는 쌀쌀맞았다.

– 식탁에 생명을 주어 경중거리는 모습을 보기 원하는 사람들만 그렇습니다. 구경거리가 되느니 별을 보기 위해서 나왔습니다. 데네브라는 이름의 별을요.

오카브는 장난으로 한 말이었지만 곧 실수를 깨달았다. 공주의 이름이 데네브였고 그 의미를 이상하게 받아들일 수 있었다.

– 저게 데네브인가요?

공주의 손가락은 잘 보이지 않았다. 들리는 목소리는 아까보다 조금 높아져 있었다. 오카브는 희미한 달빛으로 간신히 손가락의 방향을 확인했다.

– 아니요, 그 옆에 있는 가장 밝은 별이 데네브입니다. 구름 낀 날이 아니라면 어디서라도 잘 보입니다. 그래서 저 별을 보러 왔습니다. 대장장이 신전 꼭대기에서도 언제나 저 별이 보이니까요.

그리고 지금 황제에게 팔리기 위해 묶여서 끌려가는 상황에서도 별은 잘만 보였다. 오카브는 양팔과 몸을 묶은 줄이 조여오는 것을 느끼면서 회상을 그만두었다.

－이봐, 팔에 피가 안 통하는 것처럼 저려. 황제가 자르기 전까지는 무사했으면 좋겠는데.

그를 끌고 가던 다사는 걸음을 멈췄다.

－그러면 풀어 드려야죠.

다사는 정말로 오카브의 몸을 묶은 끈을 느슨하게 해 주었다.

오카브는 반항할 생각 없이 가만히 있었다. 강인한 인간 사냥꾼인 다사와 몸싸움을 벌이고 싶지 않았다. 만약 도망친다고 해도 결정적인 기회를 노려야 했다.

－이제 괜찮으십니까?

－괜찮을 리가 있어? 황제를 만나면 내 얼굴에 침을 뱉고 팔다리를 말에 매달 텐데. 내가 죽는 모습을 구경하러 적어도 만 명은 올 거야. 게다가 난 몸이 약해서 이렇게 밤새 걸을 힘이 없어.

－제가 선택할 수 있는 일이 아닙니다. 가족의 일인데 어쩌겠습니까?

－하긴 그렇지. 난 가족이란 게 없어서 잘 모르니까.

그러나 오카브는 사실 가르젠을 비롯한 사제들과 에이어리를 떠올리고 있었다. 그들이라면 가족이라고 불러도 좋을 것 같았다. 그들이 오카브의 처지를 안다면 조금도 망설이지 않고 구하러 올 것이다.

다사는 마음에 고민이 있는 것처럼 더 갈 생각을 하지 못하고 바닥에 주저앉았다. 그는 며칠 동안 계속 번민하는 모습을 보였다. 오카브는 그의 마음속 고민을 쉽게 읽을 수 있었다. 다사의 가족은 실수를 저질렀다.

다사는 너무 오랜 세월을 대장장이 마을에서 살았다. 그는 임무를 기억할 만큼 영특했지만 그런 일에서 먼 삶을 살면서 성장했다. 사냥꾼으로 키우고 싶었다면 곁에서 그를 혹독하게 몰아쳤어야 마땅했다. 강인한 육체를 가지고 있어도 그의 양심은 이런 일에 어울리지 않았다.

어쩌면 그를 말로 설득할 수 있을지도 모른다. 그러나 혀를 놀려서 그를 짓누르고 있는 가족에 대한 의무를 밀어내기란 쉽지 않은 일이었다.

– 그래서 기다리고 있는 가족은 전부 몇 명이지?

– 제 기억이 맞는다면 아마 다섯일 겁니다. 아버지, 어머니, 누나 한 명, 그리고 형 둘이 있지요. 만약 지금까지 모두 살아 있다고 하면요.

– 저런, 가족들 소식을 자주 듣지는 못했던 모양이군?

– 일부러 저에게 전해 주지 않았습니다. 제가 알게 되어도

좋은 일이 없을 거라면서요.

그렇게 말하는 다사는 납치범이 아니라 그저 평범한 청년처럼 보였다.

-그럼 날 팔아서 황제에게 큰돈을 받으면 다시 가족이 뭉치겠군. 어쩌면 이 더러운 일을 그만둘 수도 있겠지?

-제 가족들은 죽을 때까지 이 일을 그만두지 않을 거예요. 저도 어쩔 수 없이 그들을 따라다니며 사람을 해쳐야겠지요. 아무도 해치고 싶지 않지만요.

마지막 말은 과장 없는 다사의 본심이었다. 오카브는 그를 원망하는 마음을 잠시 접어 두기로 했다.

오카브는 한때 대장장이 왕이었다. 더 이상 권능을 사용하지 못한다지만 그가 익힌 모든 것이 사라지지는 않았다. 그러니 그가 홀로 여행을 떠나면서 안전을 위해 한두 가지 준비를 했다고 해도 이상한 일은 아니었다.

그러나 그는 아무 수단도 취하지 않고 가만히 다사에게 끌려다니는 쪽을 선택하고 있었다. 오카브는 이 가련한 청년이 가족을 만나는 순간을 직접 보고 싶었다. 어째서 그런 말도 안 되는 생각으로 끌려가는지 자신도 알 수 없었다.

-이제 다시 가시죠.

양팔이 묶인 채로 일어나느라 다사가 도와주어야 했다.

다사가 가족들과 약속한 장소는 제국에서 젤레즈니 쪽으로 가는 방향에 있었다. 현상금 사냥꾼들은 물건, 그러니까 사람을 넘길 때를 제외하면 제국 수도에서 가능한 한 멀리 떨어지고 싶어 했다.

오카브는 다시 데네브를 보면서 걷기 시작했다. 그리고 같은 이름을 가진 사람을 떠올렸다. 오카브는 데네브가 자신의 처량한 모습을 보면 깔깔대며 웃지 않을까 생각했다. 데네브는 오카브를 항상 엉뚱하고 재미있는 사람으로 여겼다.

오카브가 대장장이 왕에서 물러난 다음 두 사람은 단 한 번도 만난 적이 없었다. 그런데 지금 제자를 찾겠다는 핑계로 그녀를 찾아가려고 한다. 잘하는 짓이라는 확신이 들지 않았다. 어쩌면 그래서 다사가 자신을 납치해 주었을 때 순순히 따라가는 쪽을 선택했을지도 모른다.

오카브를 끌고 가는 다사는 가끔 곁눈질로 오카브를 보았다. 그는 오카브가 얼마나 위대한 사람인지 잘 알았다. 대장장이 마을에서 귓구멍을 타고 들어가 머리에 단단히 박히도록 들어 두었다. 오카브가 원한다면 도망칠 수 있는데 어째서 그러지 않는지 이해할 수 없었다.

다사가 그를 놓치게 된다면 가족들은 7년간 준비한 함정을 공치게 되는 셈이다. 모든 책임은 다사가 뒤집어써야 한다. 그래서 오카브는 도망칠 생각을 하지 않는 것일까?

그는 사실 오카브에게 거짓말을 했다. 며칠 전 마지막으로 접선했던 가족은 누나였는데 충격적인 소식을 전했다.

─날짜와 장소를 절대 잊지 마. 두 번 기회는 없어. 네 말대로 옛 대장장이 왕이 그 날짜에 출발한다면 바로 낚아채야 해.

─알겠어, 누나. 그건 걱정하지 마. 그런데 가족들은 다 잘 지내는 거지?

누나는 대답하기 전에 망설였다. 그것만으로 충분한 대답이 된다는 사실을 잊은 모양이었다.

─무슨 일이 있었는데?

─우리 형제 중 한 명이 죽었어.

─누가?

다사는 울먹였다. 명확한 슬픔이 아니라 애매한 감정이 그를 흔들어 놓았다. 강요된 것처럼 무겁기만 한 슬픔에는 애틋함이 없었다.

─다라.

─어째서?

─사냥하다가 좀 다쳤어. 대단한 상처가 아니었는데 덧나서 열이 심해지는 바람에. 우리 일은 그런 일이야.

─사냥감은 인간이었지?

누나는 당연한 것을 왜 묻느냐는 듯이 그를 쳐다보았다. 다사도 물은 것을 후회했다. 누나는, 가족은 그를 완전히 신뢰하지 않았다. 그런 질문을 한 것을 알면 더 신뢰하지 않을 것이다.

그러나 오카브를 데려가면 신뢰를 회복할 수 있다. 오카브는 그들이 잡을 수 있는 가장 큰 사냥감이었다. 황제는 그를 잡기 위해서 무엇이든지 아끼지 않았다. 소문에 따르면 그는 제국 병사 만 명을 혼자 죽인 사람이었다.

다사는 다시 오카브를 보았다. 정말 이 사람이 그런 짓을 저질렀을지 의심스러웠다. 다사는 자라면서 그를 관찰할 기회가 많았다. 그는 생명을 함부로 해치고 힘을 남용할 사람이 아니었다.

다사는 그러면 나는 어떻지, 하고 스스로 물었다. 그는 생명을 함부로 해할 수 있는 인간이 되고 싶지 않았다. 그러나 그의 직업은 사람을 함부로 해치는 것이었다. 어릴 적에 찾아오는 가족들은 하나같이 그런 말을 했다.

- 만약 네가 배신한다면 말이지. 어느 날 밤에 마을에 침입해서 네 가슴에 칼을 꽂을 거야. 그리고 사라져 버리면 누가 죽였는지 아무도 몰라. 네 목숨만 아까울 뿐이지.

각자의 고민이 깊어지면서 두 사람의 주변은 더 칙칙하고 어두운 색깔이 되었다. 그들의 마음이 주변을 뒤덮고 있는 어둠보다 못하다고 말할 것도 없었다. 오카브는 침묵을 견딜 수 없어 몇 번이고 머뭇거리다가 하고 싶은 말을 했다.

─너무 고민하지 마. 세상은 어차피 그런 일로 가득 차 있어. 고민만 하다가 나이를 먹으면 후회하게 될 거야. 몇 가지는 좀 대충 처리할 걸 그랬다고.

─본인의 목숨이 달린 문제에서 그런 충고를 하십니까?

─그건 내 입장이지 자네 입장은 아니야. 자네는 가업을 이으려는 것뿐이니까. 그리고 뭐 내가 황제를 잘 구워삶으면 죽지 않을 수도 있지.

─정말 그렇게 생각하세요?

─지금 황제라면 그럴 수도 있어. 8년 전에 잡혔다면 난 죽었을 거야. 그래서 에이어리가 전쟁의 도마에 갈 때 따라가지도 못했지.

그때 갔더라면 젤레즈니 여왕과 생사를 건 모험을 함께 했을 것이다. 그다음에는 어떻게 되었을지 여러 번 상상했었다. 즐거운 상상과 비참한 상상 모두 충분히 모아 두었다. 그러나 오카브는 가지 못했고 그중 어떤 것도 현실이 될 수 없었다.

다사는 오카브의 말을 믿지 않았다. 오카브도 진심으로 자신이 살 수 있다고 생각해서 하는 말은 아닐 것이다. 그는 다사의 마음을 편하게 해 주려고 아무 말이나 떠들고 있었다.

— 정말, 정말 감사합니다.

— 그 말은 황제한테 돈을 받으면서 하면 돼.

이어지는 그들의 여행에서 한 사람은 별을 보며 상상을 벗 삼아 걸었다. 한 사람은 마음을 다스리기 위해 이를 갈며 걸었다. 한 사람은 다가올 운명에 초연했고 한 사람은 피하기 위해 몸부림쳤다. 한 사람은 사랑하는 것을 떠올렸고 한 사람은 사랑해야 하는 것을 떠올렸다.

그러다가 그들의 여행은 어느 순간 농담처럼 갑자기 끝났다. 약속한 장소에 도착해서 다사는 그들 가족만의 표식을 발견했다. 헷갈리지 않게 이중으로 된 표식이었다. 하나는 나뭇가지에, 다른 하나는 돌에 새겨져 있었다.

— 여기가 맞습니다.

— 그런데 왜 아무도 없어?

— 아마 약속한 날짜보다 이틀 정도 일찍 온 것 같아요.

— 아니, 그러면 좀 천천히 걷게 해 주지 그랬어? 발이 다 부르트도록 걸었는데 이제 와서 그러면 어쩌자는 거야?

다사는 오카브의 불평에 웃어 버렸고 오카브도 따라서 웃었다. 오카브는 정말 유쾌한 사람이었다. 아무리 생각해도 그가 만 명을 죽였을 리는 없었다. 다사는 그렇게 생각하면서도 물어보지 못했다.

그들은 이틀을 기다렸다. 가족은 나타나지 않았다. 다사는 초조해했고 오카브는 실망했다. 다시 이틀을 더 기다려도 아무도 나타나지 않았다.

─아무래도 가족의 흔적을 추적해 봐야겠어요. 절대로 약속을 어기는 사람들이 아니에요. 분명히 무슨 일이 생긴 거예요.

─그럼 나는 어떡하고?

다사는 난감해서 얼굴을 감싸 쥐었다. 그를 두고 갈 수도 없고 데리고 갈 수도 없었다. 그러나 오카브에게는 고민거리가 아닌 듯했다.

─나를 풀어 줘. 같이 찾아 줄 테니까. 그다음에 가족을 찾으면 다시 묶으라고.

─제정신이세요?

─대장장이 왕 시절부터 아니라는 소리를 질리도록 들었지. 오죽하면 신도 나를 버리셨을까.

─도망가시지 않는다고 어떻게 장담하죠?

─못하지. 자네가 날 믿는 방법밖에 없어. 그렇다고 날 죽이고 갈 수도 없잖아?

─여기에 묶어 두고 갈 수도 있습니다.

─그러면 내가 줄을 풀고 도망갈까 걱정이 되어 아무것도

못 할 거야. 눈에 보여야 안심할 수 있지 않겠어? 걱정하지 마, 자네를 해치지 않을 테니까. 내가 도망쳐도 젊고 건강한 자네가 더 빠르잖아.

─정말 말도 안 되는 말씀이에요.

다사는 답답해서 발을 구르고 머리를 흔들었다.

─나도 알아. 그런데 자네를 생각해서 하는 말이야. 내가 여기서 안 간다고 버티면 더 곤란했을 거라고.

오카브는 다사가 생각을 정리하는 동안 빙그레 웃으며 서 있었다. 그는 하늘을 보았다. 낮이라서 데네브는 보이지 않았다. 그러나 보이지 않아도 데네브가 하늘 어딘가에 있다는 사실을 알았다.

─너무 오래 고민하는데? 평소에 머리를 쓰면서 살아야 해. 머리를 쓰지 않으면서 망가지게 두면 안 돼.

─자꾸 말 걸지 마시고 가만히 좀 놔두세요.

─그러지, 뭐.

오카브는 다사의 가족에게 무슨 일이 생겼을지 생각해 보았다. 긍정적인 것은 하나도 떠오르지 않았다. 7년 동안 기다렸던 계획이 성공할 참에 사라진다. 그들에게 그보다 더 급한 일이 있을 성싶지 않았다.

오카브는 다사에게 그런 말을 하지 않고 가만히 있었다. 다사는 한참 더 생각한 끝에 그에게 다짐을 받았다.

— 그러면 나중에 가족을 찾으면 꼭 다시 순순히 잡혀 주시는 겁니다?

— 그 말도 제정신처럼 들리지 않는데?

— 그러면 도망치시겠다는 말인가요?

— 아니, 잡혀 줄게. 안 그러면 자네가 곤란할 테니까. 같이 여행하면서 정도 들었는데 그렇게 미안한 짓은 못 하지.

— 정말이시죠?

그 질문의 순수함 때문에 오카브는 또 웃음이 나왔다. 지금 상황을 보면 누구도 순수해서는 안 되었다.

— 그래. 나는 거짓말을 잘 안 해. 거짓말할 일이 있으면 농담으로 넘기지. 이번에는 진짜야. 도망갈 생각이 없어.

다사는 줄을 푸는 것이 아니라 주머니칼로 아예 잘라 버렸다. 오카브는 괜히 한마디 하려다가 참았다. 줄을 아꼈어야지, 이 친구야. 그 말이 입에서 맴돌면서 괜한 여운을 만들었다.

— 가시죠.

그렇게 해서 납치범과 피해자가 같이 공범들을 찾아 나서게 되었다. 오카브는 줄에서 풀려나 후련했고 다사는 줄을 잘라 더 후련했다. 그의 마음속에서도 맺힌 것 하나가 풀린 기분이었다. 그래서 그는 마음을 다잡지 못하고 그동안 궁금했던 것을 마침내 묻고 말았다.

─정말, 정말 만 명을 죽이신 거예요?

오카브도 그 질문에는 웃지 않았다. 거짓말 대신 농담으로 넘기려고 하지도 않았다.

─아니.

오카브의 대답에 다사는 안심했다. 그러나 다음 말을 듣기 전까지만 그랬다.

─죽은 건 이삼천 명 정도일 거야. 그것도 크게 잡은 거고 천 명 정도만 죽었을 수도 있어. 정확히는 아무도 몰라. 시신을 수습할 때 나는 이미 거기 없었으니까.

─왜 그들을?

─그건 전쟁이었어, 다사. 나 혼자 전쟁을 벌인 거지.

─사람들은.

─사람들은 전쟁이라고 인정해 주지 않았어. 대장장이 왕이 혼자 학살극을 벌였다고 했지. 그래서 나를 카부스빌의 학살자라고 부르는 거야. 황제가 나를 잡아다가 죽이려고 현상금을 거는 것도 그 이유고.

─그래서.

─그래서 나는 신의 권능을 잃은 거야. 자업자득이지. 신은 나에게 사람을 죽이라고 능력을 준 게 아니거든. 아직도 나는

용서받지 못했어.

　- 왜, 왜 그러셨어요?

　멈출 때도 되었건만 다사는 멈추지 않았다. 호기심이 왕성한 젊은이로서 당연한 일이었다. 오카브는 그를 탓하고 싶지 않았다.

　- 저기 하늘을 보면 여행자와 뱃사람의 이정표가 되는 별이 있지.

　- 잘은 모르지만 들어는 봤어요.

　- 그 별을 계속 볼 수 있기를 바랐거든.

젤레즈니 왕국은 9년 전부터

대장장이 신을 국가가 모시는 유일신으로 정했다.

나라 곳곳에 대장장이 신을 상징하는

조형물과 예배당을 세우고

사제를 뽑아 관리하는 역할을 맡겼다.

제국이 대장장이 신을 믿는 일을

공식적으로 금지한 이후, 그 주변 국가 중에서

대장장이 신이 민간 신앙 이상으로 여겨지는 나라는

젤레즈니가 유일하다.

XIII

서기관 스탐노스가 팔라스 황제의 눈에 띄어
중요한 임무를 맡게 된다

황제를 뜻하는 옛말은 우네 카리스이다.

우네는 특별하게 선택받았다는 뜻이다. 그 선택은 인간이
아니라 신적인 존재가 내린 것이다. 인간은 그 의미에 대해서
이해할 수 없고 하려고 노력해서도 안 된다. 지도자가 되는 것
은 하찮은 인간의 계획과 논리를 벗어난다는 뜻이다.

카리스는 사람을 뜻하는 말이지만 평범한 사람은 가리키지
않는다. 오직 신의 은총을 받은 인간에게만 붙는다. 카리스는
그렇게 태어나는 것이지 노력해서 될 수 있는 것이 아니다. 옛
말이 지닌 운명론적 관점은 지나치게 단단하고 조화롭다.

팔라스 황제는 한때 자신의 공식 명칭을 우네 카리스로 바
꿀까 고민한 적이 있었다. 신하들은 옛말을 다시 사용하는 것
에 대해 반대했다. 그들의 미신적인 생각에 따르면 옛말 하나
하나에 숨겨진 힘이 있었다. 함부로 사용할 경우 인간의 역사
를 좌지우지해서 위험하다고 했다.

그는 새로 고용된 요리사 중 하나가 버릇없이 소 혀 요리를 내놓는 바람에 아침 내내 기분이 좋지 않았다. 소 혀는 전임 황제, 그러니까 그의 사촌 오셀롯이 즐겨 먹던 음식이었다. 굳이 아침마다 그 기름진 요리를 게걸스럽게 처먹는 모습을 볼 때마다 비위가 상했던 일이 떠올랐다. 황제는 그 요리사가 다시 자기에게 요리할 기회를 주지 말고 내쫓으라고 명령해 두었다.

선택받은 인간이라는 우네 카리스도 기분이 나쁠 때면 다섯 살짜리 아이와 다를 바가 없었다. 배가 고프면 짜증이 나고 마음이 좁아지는 법이다. 그를 모시는 사람들은 황제의 심기를 알아차린 다음 조심하고 또 조심했다.

황제가 관심을 보이지 않는 지루한 보고 속에는 현상금 사냥꾼에 대한 것도 있었다.

- 제국 내에서 함부로 사람을 납치하는 것으로 악명이 높았던 가족을 잡았습니다. 그들은 오래된 현상금 사냥꾼 가족으로 온갖 패악질을 저질렀습니다. 부부와 아들은 잡았으나 딸은 혼자 도망쳤습니다. 잡힌 자들에게는 모두 사형 선고를 내렸습니다.

- 잘했군. 질서를 어지럽히는 무법자들은 죽여야지.

황제의 대답은 깊은 생각에서 나온 것이 아니었다.

재물, 치정, 순간적인 분노, 어째서 그렇게 사소한 이유로 사람이 사람을 해친다는 말인가. 이왕 도덕을 벗어나려면 그보다는 더 큰 것을 노려야 한다. 목숨을 걸고 하는 일이라면 그만한 명분이 필요하다.

황제가 생각하기에 그럴 가치가 있는 것은 오로지 권력뿐이었다. 살인을 저질러도 벌 받지 않게 만드는 것 역시 권력이었다. 죽이고 나서 죽임을 당하지 않을 만큼의 권력을 얻으면 용서받을 수 있었다.

이어서 각국의 동향이 보고되었지만 특별한 일은 없었다. 스타인에서 자꾸 불온한 기운이 감지된다고 하는데 그 땅은 본래 그러했다. 아크마트를 보내 놓은 이상 위험해지지 않을 것이다.

 ─ 대장장이 왕이 열여섯 생일이 지나 성인이 되었습니다. 신의 권능을 자유롭게 사용하게 된 것입니다.

 ─ 축하 사절을 보내야겠군. 내 사촌 오셀롯처럼 대장장이 왕과 대립하는 것은 지혜로운 일이 아니야. 그를 내 편으로 만들 생각을 해야지. 아예 여기로 한번 초대하는 것은 어떤가?

 ─ 좋은 생각이십니다.

 ─ 황제가 대장장이 왕을 초청한 전례가 있나?

황제가 멀찍이 서서 긴장하고 있는 젊은 서기관에게 물었다. 황제의 앞에 서는 것은 얼굴에 솜털이 난 애송이가 맡을 일이 아니었다. 그러나 나이 든 서기관들 사이에 감기가 유행한 덕분에 그 말고는 설 사람이 없었다.

- 아니요, 없습니다.

대답하는 자가 앳된 외모와 반대로 너무 뻔뻔해서 황제는 놀랐다. 그는 그런 일을 위해 거기에 서 있기는 했다. 그러나 황제 앞에서 잘못된 지식을 말한다면 징계를 받을 수도 있는지라 서기관들은 툭하면 살핀 후에 보고하겠다고 머리를 조아리기 바빴다. 그런데 그는 어둠 속에서 자기 손가락을 세듯이 자신감이 넘쳤다.

머리를 단련하느라 몸은 전혀 단련하지 않은 것처럼 보이는 젊은이였다. 창백한 피부는 햇볕을 만난 적이 전혀 없어 보였다. 상의 주머니에 불룩 튀어나온 안경은 그가 문서를 다룬다고 말해 주었다.

황제의 준엄한 눈빛을 받은 그는 의미를 제대로 해석하고 얼른 덧붙였다.

- 초기 황제들께서는 대장장이 왕을 왕으로 인정하지 않으셨습니다. 그리고 대장장이 왕은 신전에서 은둔하다 왕위를 넘기거나 생을 다하는 것이 보통이었습니다. 그러다가 그들이 각국의 정세에 끼어든 다음부터는 우리와 사이가 나빴습

니다. 그들은 언제나 황제의 반대편에 섰지요.

  ─그렇군.

  황제는 확인하지 않아도 그의 설명이 옳다는 것을 확신했
다. 젊은 서기관은 황제 앞에서 겸손을 가장하면서도 굳이 자
신감을 감추지 않았다. 준비된 자만 보일 수 있는 모습이었다.

  황제는 그를 골리고 싶어져 충동적인 결정을 내렸다.

  ─그렇다면 그대가 가야겠어. 대장장이 왕에 대해 그대보다
더 잘 아는 사람은 없을 것 같으니.

  ─예? 그렇지는 않습니다만.

  황제는 손뼉을 쳐 신호를 보냈다. 그리고 이름을 물었다.

  ─제, 제 이름은 스탐노스 펠리스입니다.

  젊은이는 말하면서 묘하게 부끄러워했다.

  ─호, 그렇다면 우리 펠리스 가문 출신인가?

  ─먼 조상이 그렇다고는 하나 미약한 줄기입니다. 저는 평
민으로 자랐습니다.

  황제가 주위를 시켜 펠리스 가문의 가계도를 가지고 오게
했다. 그 책은 두 사람이 옮길 만큼 크고 무겁고 내용도 난해
했다. 옮기기 위한 전용 수레가 따로 있었다.

  두 사람이 황금 거북이 모양의 수레를 끌고 왔다. 오래된 신
화에 따르면 세상은 커다란 거북이의 등껍질 위에 만들어진

것이었다. 물론 이제는 그런 이야기를 사실로 믿는 사람이 없었다. 어쨌든 펠리스 가문을 위한 수레이니 황금과 보석으로 치장한 것은 당연했다.

바닥에 수 놓인 비단을 깔고, 두 사람이 조심스럽게 등껍질 속 홈에 들어 있는 책을 들어 옮겨 놓았다. 그 엄숙한 과정에 모두의 시선이 집중되었다. 책이 너무 크고 무거워서 바닥에 내려놓지 않으면 오히려 읽기 힘들었다. 책을 옮긴 두 사람은 옆에서 공손히 대기했다.

책을 펼치면 끝없이 펼쳐지는 권력 싸움과 숙청 때문에 죽은 사람이 가득했다. 그들의 이름 뒤에는 교차하는 칼을 그려 놓았다. 권력에 가까운 줄기일수록 칼이 따라다니는 이름이 많았다. 어찌 보면 묘비인 동시에 훈장과도 같았다.

가계도 담당 서기관은 언제나 책과 붙어 다녔다. 그는 황제의 명령을 받고 스탐노스에게 아버지와 할아버지의 이름을 물었다. 조심스럽게 한 장씩 책을 넘기며 추적을 시작했다. 매일 내용을 상고하고 외우는 것이 일인 담당 서기관도 한참 매달린 끝에 허리를 폈다.

– 그의 혈통은 초대 황제로부터 비롯되는데 황실을 버리신 첫째의 자손입니다. 파란만장한 삶을 산 것으로 유명한 조프루아, 바로 그분입니다. 이후로 그의 자손들은 귀족으로 살다

가 다시 평민이 되었습니다. 여기 서 있는 젊은이는 틀림없이 펠리스 가문에 속한 자입니다.

황제도 가계도 담당 서기관도 스탐노스도 만족스럽게 여겼다. 황제는 한미한 펠리스 가문 출신도 그처럼 영특하다는 사실에 만족했다. 가계도 담당 서기관은 무사히 임무를 처리했다는 사실에 만족했다. 스탐노스는 그동안 말로만 들었던 자신의 혈통이 사실이라고 증명받아서 만족했다.

먼저 손뼉을 들고 와서 대기하던 자들을 황제가 불렀다.

– 이 젊은 서기관은 펠리스의 피를 타고난 자야. 그야말로 나를 대신해 대장장이 왕을 찾아가기에 적합하지. 그를 대장장이 왕에게 사절로 보낼 것이니 준비시키게.

황제는 그렇게 명령하고 나서 덧붙였다.

– 그는 나와 조상을 공유하는 사람이야. 직급이 낮은 서기관이라고 해서 함부로 대하지 말게.

명령을 들은 자들은 깊이 머리를 숙였다. 황제의 명령은 파격적이었으나 감히 토를 다는 자가 없었다. 황제는 젊은 펠리스를 찾아서 기뻐하고 있었다. 아무리 관대한 황제라고 해도 그런 기분을 망치는 자를 쉽게 용서하지 않았다.

– 당신도 이제 출셋길에 들어섰소. 자신의 피가 무슨 소용이 있겠냐고 생각했겠지만 이제 그런 생각이 들지 않을걸.

명령을 받은 사람 하나가 스탐노스를 데리고 나가며 속삭였다.

－오늘 처음 황제를 뵈었을 뿐입니다. 이제 대장장이 왕을 모시러 다녀오면 잊히겠지요.

－그건 황제를, 펠리스 가문을 잘 몰라서 하는 소리요. 펠리스는 절대로 펠리스를 잊지 않소. 좋은 의미로도 나쁜 의미로도.

다른 사람이 끼어들었다. 그도 분명 스탐노스보다 직급이 높은 사람이었다.

－그리고 황제는 특히 기억력이 비상해서 쉽게 잊지 않으시오. 당신이 가진 지식과 혈통은 결코 평범하지 않으니 황제가 눈여겨보실 거요. 나중에 그렇게 된다면 우리를 모른 척하지 마시오.

세 번째 사람이 말했다.

처음 보는 사람들이 그렇게 말하니 스탐노스는 어리둥절했다. 그러나 그들이 허튼소리를 하지 않는 것은 확실했다. 스탐노스는 기뻐해야 한다고 느꼈으나 아직은 실감이 나지 않았다. 밤이 되어 잠을 설쳐야 확실히 느낄 수 있을 것이다.

스탐노스가 떠나는 순간에도 그 이후에도 보고는 계속되었다. 황제는 중간중간 꽤 많은 문서를 읽었다. 제국은 크고 처리할 문제는 많고 권한은 황제에게 집중되어 있었다.

어느 정도 중요한 문제를 처리하자 점심시간이 거의 다 되었다. 황제는 드디어 쉴 수 있겠다는 생각에 느긋하게 의자에 몸을 기댔다. 그러나 불길한 검은색 옷을 입은 자가 보고를 위해 들어왔다. 그는 황제의 까마귀들의 수장인 작이었다.

작은 어떤 순간에도, 심지어 황제의 침실에서도 알현할 권한을 가지고 있었다. 제국의 다른 신하가 가지지 못한 것이었다. 작은 그 권한을 남용하지 않고 아주 중요한 순간에만 사용했다. 그가 예정도 없이 왔다는 것은 그만큼 나쁜 일이 일어났다는 뜻이었다.

황제는 다른 이들을 물러가게 했다. 작이 말하려는 내용은 하나같이 황제 외에는 알아서 안 되는 것들이었다. 그는 황제보다 많은 것을 아는 유일한 사람이었다.

- 왔구나, 까마귀들의 수장. 그대는 결코 좋은 소식을 가지고 오는 법이 없지.

- 나쁜 소식이라도 가장 먼저 알 수 있다면 어찌 황제에게 나쁜 소식이겠습니까? 황제는 모든 것을 먼저 알아야 하지 않겠습니까? 저는 그러기 위해 시체를 뒤적이며 쪼는 자일 뿐입니다.

작이 모자를 벗고 머리에 맺힌 땀을 닦았다. 완전히 민 매끈한 머리가 젖어서 번들거렸다. 모자도 옷도 신발도 모두 검은 색이었다. 그는 굳이 그럴 필요가 없는 순간에도 검은 복장을 고수했다.

－그래, 황제가 알아야 할 소식이 무엇인가?

－그것은.

작이 뜸을 들이는 것은 아주 심각한 문제라는 뜻이었다. 황제의 눈썹이 그 반응으로 꿈틀거렸다. 황제를 너무 오래 기다리게 할 수는 없었다.

－오셀롯에 대한 것입니다.

－그 털 없는 고양이 같은 자에게 또 무슨 일이 일어났는가?

황제가 진심으로 분통을 터뜨리며 물었다. 통치자는 때로 과장해서 감정을 표현할 필요가 있었다. 그러나 작은 그런 것과 실제 반응을 구별할 줄 알았다. 황제도 그 앞에서는 굳이 감정을 숨기려고 들지 않았다.

－어젯밤 침소에 든 다음 아침에 하인이 가 보니 그가 사라졌답니다.

－누가 강제로 끌고 가서 죽인 거라면 좋겠군.

－그럴 리가 없다는 것을 잘 아시지 않습니까?

－감시가 부족했는가?

-까마귀 발톱 한 소대는 항상 그 섬에 상주하다시피 했습니다.

-그렇다면 어떻게 탈출했지?

황제의 질문에는 작에 대한 책망이 포함되어 있었다. 작은 개의치 않았다. 그의 일은 어쩔 수 없이 성공과 실패가 반복되는 것이었다. 그보다 더 잘 해낼 사람이 없는 한 그의 위치는 공고했다.

-추종자들이 바깥부터 땅굴을 팠더군요. 까마귀 발톱의 감시망은 주로 집 주변에만 집중되어 있었습니다. 집 안까지 감시할 수는 없는 노릇 아닙니까?

작이 입맛을 다시고 덧붙였다.

-제가 지금 가서 직접 보고 오는 길입니다. 깜짝 놀랐습니다. 파는 데 최소한 일 년은 걸렸을 겁니다.

작이 놀랐다는 말을 쓰는 것도 드문 일이었다. 황제는 잠깐 표정을 바꾸었으나 다른 것이 더 궁금했다.

-그래, 그 구멍이 얼마나 크던가?

-사람 한 명이 기어서 겨우 통과할 정도였습니다. 오셀롯도 분명 그렇게 했겠지요.

-흙투성이로 어둠 속을 기면서 보이지 않는 하늘에 대고 나를 저주했겠군.

- 그랬을 겁니다.

- 그렇다면 기분이 조금 풀리는군. 그가 무릎을 땅에 대고 흙 속을 뒹구는 모습을 생각하니 말이야.

황제는 웃었고 작은 따라 웃지 않았다.

- 그러나 그런 계획을 실행하려면 우리의 감시에 대해 잘 알아야 해. 그 섬에 몰래 접근할 수도 있어야 하고. 오셀롯의 하찮은 추종자들은 쉽게 할 수 없는 일이야. 그 일을 벌인 자들을 찾아야 하네.

황제는 힘주어 덧붙였다.

- 이건 실패를 용납하지 않는 일이야.

작은 대답 대신 머리를 숙였다.

- 그밖에도 중요한 소식이 있는가?

작이 스스로 자유 동맹이라고 내세우는 공화국에서 벌어진 정치 분쟁에 대해 이야기했으나 황제는 시큰둥했다. 작의 공작이 성공한 덕분이라고 말해도 마찬가지였다. 제국에는 미지의 나라인 루 도인의 노예 문제에도 도통 관심이 없었다.

- 루 도인이라면 그 이상한 하인들의 출신지 말인가? 나도 한번 가 보고 싶은데 말이지.

그렇게 말하는 것으로 끝이었다. 작에게 남은 이야기는 단 하나였다.

－전에 말씀드렸던 일을 기억하십니까? 마법사 왕의 동생 말입니다.

－아, 그자가 왜?

황제는 은근히 관심을 보였다.

－어떻게 했는지 몰라도 마법사 왕국에서 그를 찾은 것 같습니다. 추격에는 실패한 모양이지만요.

－그대는 옛날부터 그자가 중요하다고 하지만 난 잘 모르겠어. 그자가 온다고 엘 벨리드보다 나을 게 뭔가?

－엘 벨리드는 제대로 된 마법사도 예언자도 아닙니다. 그저 먹기만 하느라 엉덩이가 무거워져 의자에서 혼자 일어나지도 못하는 인간이지요. 그러나 아리셸리스, 마법사 왕의 동생은 다릅니다. 그는 혼자서 대포 백 개 이상의 위력을 낼 수 있습니다.

－그 정도인가?

－우리와 마법사 왕국이 아무리 추적해도 그를 잡을 수 없는 것을 보십시오. 그가 원한다면 어렵지 않게 카부스빌의 비극을 재현할 겁니다.

－카부스빌이라.

황제 앞에서 금기시되는 말을 꺼낼 수 있는 사람은 많지 않았다. 황제는 생각 끝에 말했다.

-그러나 그자를 누가 길들일 수 있겠는가? 차라리 카니세리움을 애완동물로 키우자고 하는 게 쉽지.

-글쎄요, 마법사 왕국을 통째로 주겠다고 하면 생각이 바뀔지 모릅니다.

-어차피 지금 왕도 그의 형이 아닌가?

-그러나 형은 쇠약한 몸으로 왕권을 간신히 지탱하고 있지요. 만약 그가 제국의 힘을 업는다면 어렵지 않게 권력을 지킬 수 있을 겁니다. 왕이 죽어도 권력 투쟁 없이 뒤를 잇게 되겠지요.

-알겠으니 일단 내 앞으로 데리고 와 보게. 그러면 그보다 더한 제안도 해 주지. 까마귀들을 더 풀게.

작은 그렇게 하겠다고 다짐하고 물러났다.

그는 황제의 궁궐 복도를 통과하며 생각했다. 오랜 세월 동안 여러 황제의 눈과 귀와 손 노릇을 했다. 원하는 것은 거의 다 얻었다. 이제 가지고 싶은 것이 따로 없는 삶이었다.

그런데 어째서 황제들의 싸움에 끼어들었던가. 황제 몰래 전임 황제 오셀롯을 탈출시킨 것이 잘한 짓인지 확신이 들지 않았다. 팔라스 황제가 조금이라도 눈치를 채게 되면 그도 끝장이었다. 어쩌면 이미 뒷조사를 시켰을지도 모르는 일이었다.

어쨌든 제국의 정세는 불안해질 것이고 모두가 그를 필요로 할 것이다. 그의 정보는 황제라도 마땅한 값을 지불하지 못하면 얻을 수 없는 것이 되었다. 예를 들자면 지금 아리셀리스가 어디에 있는가와 같은 정보가 그러했다. 아리셀리스는 아무도 상상하지 못하는 바로 그곳에 있었다.

그 정보를 귀중하게 여길 사람은 황제가 아니더라도 얼마든지 있었다. 그는 마지막 순간까지는 그 정보를 혼자 쥐고 있을 생각이었다. 그것이 비록 자신의 삶을 끝장내는 실수가 되는 한이 있더라도 마찬가지였다. 그의 삶의 방식은 고작 목숨 따위와 바꿀 만큼 값어치가 작지 않았다.

작이 물러가자 황제는 눈꺼풀을 닫고 잠시 휴식을 취했다. 점심까지 좀 남은 시간은 황제가 재량껏 사용할 수 있었다. 그러나 오셀롯 소식도 그렇고 흥이 생기지 않았다.

그는 점심 식사 이후의 일정을 모두 취소했다. 그리고 조카인 디노펠리스를 부르라고 명령했다. 그라면 자신의 아버지 오셀롯과 이미 연락을 취했을 수도 있었다.

디노펠리스가 황제 앞에서 사실을 말할 것인지는 다른 문제였다. 팔라스와 오셀롯, 누가 황제로 죽더라도 후계자는 디노펠리스가 된다. 그러나 잘못된 편을 들었다가는 그런 기회를 놓치고 만다.

황제는 디노펠리스에게 권력이 누구 손에 있는지 다시 한 번 말해 주고 어리석은 선택을 하지 말라고 충고하고 싶었다. 황제는 그 생각을 끝으로 의식을 잃었다. 잠에서 깨었을 때 개운함보다는 불쾌감만 몰려왔다. 몸이 땀에 절어 한없이 무거웠다.

– 내가 얼마나 오래 잠들어 있었지?

옆에 있던 자가 서둘러 대답했다. 아직도 점심시간이 되지 않았다. 그가 잠든 것은 겨우 몇 분 정도였다. 팔라스는 황제로서의 일상이 오늘따라 끝없이 길다고 생각하며 다시 눈을 감았다.

◆

팔라스 펠리스 황제는 황제가 되기 전

부인이 두 번 바뀌고 가끔 찾는 여자들도 여럿 있었으나

끝내 자식을 갖지 못했다.

의사는 그의 비대한 몸이 원인일 수 있다고 말했다.

팔라스는 허무맹랑하다고 코웃음만 칠 뿐

그 말을 믿지 않았다.

그는 나중에 사촌인 오셀롯을 황제 자리에서 몰아내고

새로운 황제가 되었을 때 놀라운 선언을 했다.

- 내가 수명을 다하면 오셀롯의 아들이자 내 조카,

황태자 디노펠리스가 뒤를 이어서 황제가 될 것이다.

그 발언은 순식간에 제국 전체로 퍼졌고

오셀롯을 지지하던 저항 세력의 힘이 약해지게 만들었다.

어차피 오셀롯의 아들이 다시 황제가 된다면 중간에

굄돌 하나가 바뀐 것 정도에 불과하다는 말이 나왔다.

제국에서 한때 굄돌이라는 말이

유행처럼 쓰인 것은 그 때문이다.

◆

XIV

슈타이어의 세 용사가 변덕스러운 레푸스에게
시험을 받아 대결에 임한다

슈타이어는 한때 제국의 까마귀 발톱 1소대장으로 수장 작에게 총애받으며 가장 어려운 임무를 도맡았다. 그가 받은 마지막 명령은 스타인 왕국에 외교 문서를 전달하는 동시에 스타인 땅에서 대장장이 왕 후보와 사제 가르젠을 죽이는 일이었다.

-어렵지 않은 임무야. 금방 돌아올 테니까 걱정하지 마.

슈타이어는 아내와 어린 자식들에게 그렇게 말했다. 그리고 지금까지도 돌아가지 못하고 있었다.

제국에서는 그가 작전 중 죽은 것으로 알려졌다. 지금 돌아간다면 사형을 면하더라도 중죄인 취급을 받을 것이다. 가족에게 지급되는 연금도 중단되고 아이들은 손가락질을 받을 것이다.

당시 슈타이어는 쇠락한 스타인 왕국에 가다가 거지꼴의 왕자를 만났다. 왕자는 용감하게도 그에게 화살을 쏘았다. 그는 그렇게 저질러 놓고 두려움에 볼을 부르르 떨었다.

슈타이어가 말에서 내려 그에게 다가설 때 왕자는 죽음을 예감했다. 당시 그의 부하들도 마찬가지였다. 모두 미련한 생각이었다. 그런 짓을 저질러 국가적인 문제를 만들면 까마귀들의 수장 작이 용서하지 않았을 것이다.

대머리에 왜소한 몸집을 하고 있지만 빈틈없는 작은 여전히 살아 있다는 풍문이 들려왔다. 슈타이어는 그 사람이 결국 늙어서 죽으리라는 것을 믿을 수 없었다. 그는 잔인하고 날카롭고 무서우며 점잖은 사람이었다. 칼을 휘두르지 않아도 말로 사람을 베는 일에 능숙하고 또 즐겼다.

슈타이어는 그때 레푸스 왕자 앞에서 이렇게 말했다.

- 제가 큰 무례를 저질렀습니다. 목적지까지 저희가 호위하겠습니다.

레푸스는 한동안 멍하니 있다가 간신히 왕자로서의 체면을 회복했다.

- 그렇다면 부탁하겠네.

슈타이어는 그의 아버지 무스텔라를 만나 황제의 외교 문서를 전달했다. 그리고 스타인 왕국에서 벌일 작전에 대해 통보했다.

남은 임무는 대장장이 왕 후보와 그를 찾아 나선 가르젠을 죽이는 것이었다. 가르젠이 다니는 여관마다 난동을 부린 덕에 간신히 추적할 수 있었다. 마침내 그와 어린 대장장이 왕후보를 포위하는 데 성공했다.

일이 이루어지기 직전에 떠돌이 마법사가 나타났다. 지금도 그의 정체를 알 수 없었다. 그는 슈타이어와 부하들을 폭발에 휘말리게 했다.

슈타이어가 눈을 떴을 때 익숙한 얼굴이 보였다.

–살아 있잖아?

그에게 화살을 날렸던 레푸스 왕자였다. 지금은 대공이지만 당시에는 왕자였다.

–억세게 운이 좋은 친구인가 봅니다.

그렇게 대답한 사람은 마르쿠스였다. 그는 그때도 지금도 레푸스가 가장 사랑하는 신하였다.

–이봐, 말할 수 있겠나?

슈타이어는 목 아래로는 아무것도 느낄 수 없었고 붙어 있다는 확신조차 없었다. 입을 열었지만 소리를 낼 기운이 없었다. 소리를 내려면 기운이 필요하다는 것도 처음 알았다.

–일단 데려가서 치료해 주자고.

레푸스 왕자는 실려 가는 슈타이어 옆에서 계속 떠들었다.

–제국 놈들이 우리 땅에서 멋대로 작전을 펼치겠다니 참

을 수가 있어야지. 그래서 황제의 명을 어기고 나와서 추적했
는데 그대와 부하들이 다 죽어 있더군. 아니, 그대는 살아남았
지. 실패한 까마귀 발톱이 다시 제국에 돌아갈 수 있으려나?

슈타이어는 아내와 자식들을 떠올렸다. 그러나 곧 감각이
되살아나면서 느껴지는 고통 때문에 정신을 잃었다. 다시 눈
을 뜬 것은 며칠이 지난 후였다.

나중에 알고 보니 폭발에서 살아남은 사람은 단 두 명이었
다. 슈타이어와 함께 살아남은 부하 베르크만은 그 일로 한쪽
뺨에 큰 흉터가 생겼다. 그는 이후로 툭하면 우는소리를 했다.

- 원래 얼굴도 못생겼는데 상처까지 생겼으니 인기를 끌기
는 글렀습니다.

- 차라리 그쪽이 낫지. 사람들이 상처를 보느라 못생긴 얼
굴을 자세히 안 볼 테니까.

요새는 모제스가 그렇게 놀리는 바람에 입을 다물고 있었
다. 모제스는 아크마트 대공을 상대로 반란을 일으켰다가 도
망친 사람이었다. 허리에 존이라고 불리는 막대기를 꽂고 다
니며 무기로 사용했다.

슈타이어의 세 용사로 불리는 세 사람은 플리니 대공의 명
령으로 레푸스 대공을 찾아왔다. 그러나 레푸스 대공은 그들
을 몇 시간째 기다리게 하고 있었다. 딸을 만나는 시간을 방해

받고 싶지 않아서라고 했다.

- 요새는 나랏일에 대한 관심이 많이 줄어드셨습니다. 매일 하시는 말씀이 그거예요. 가족과 행복하게 살면 되지 무엇이 더 필요하겠냐고.

슈타이어는 한때 레푸스를 모셨기 때문에 그의 숨겨진 야심을 잘 알았다. 정말 그런 것들이 전부 사라졌다면 놀라운 일이었다. 슈타이어는 자기의 눈으로 직접 확인해 볼 요량이었다.

레푸스 대공은 뒤늦게 나타났다.

- 얼굴에 상처가 난 친구도 같이 왔군. 옆에 있는 사람은 또 누구인가?

- 모제스입니다. 아크마트 공국에서 도망쳐 왔습니다.

- 아무리 그대들의 땅에 괴물이 많아도 무섭게 생긴 친구들은 그만 모으게. 누가 보면 전쟁이라도 일으키려는 줄 알겠어.

- 필요하다면 전쟁도 불사해야겠지요.

레푸스는 웃던 입술을 그대로 경직시키고 슈타이어를 쳐다보았다. 슈타이어는 군인답게 가만히 기다렸다.

- 그대들이 말로만 듣던 슈타이어의 세 용사겠군. 그런데 슈타이어의 세 용사면 슈타이어를 빼고 세 명이 있어야 하는

게 아닌가?

레푸스는 소리 없이 낄낄거리더니 앞에 놓인 의자에 앉았다. 그 초라한 의자는 한때 아버지인 무스텔라가 쓰던 것이었다. 레푸스는 다른 의자를 쓰는 것을 거부했다. 그 의자만이 스타인 왕국의 지배자가 앉던 의자라고 이유를 붙였다.

그전에 왕이 사용했던 진짜 왕의 의자는 제국에 있었다. 레푸스는 그것을 다시 빼앗아 오고 싶다고 항상 말하고 다녔다. 그러려면 황제의 목에 칼을 들이대야 했다. 그런 일을 꿈꾸던 레푸스에게 야심이 사라졌다니 슈타이어는 믿을 수 없었다.

- 그래, 무슨 일로 왔지?

베르크만과 모제스는 슈타이어를 보았다. 그들은 자세한 내막을 모르고 있었다. 그저 대장을 따랐고 그들에게는 그것만으로 움직일 이유가 충분했다.

슈타이어는 먼저 아버지가 된 것을 축하하는 것으로 이야기를 시작했다. 본론은 시간이 지나서야 나왔다.

- 지난번에 플리니 대공님과 이야기했던 내용을 기억하십니까? 스타인.

- 잠깐, 그 이야기라면.

레푸스는 명령을 내려 주변 사람들을 모두 물러가게 했다. 슈타이어는 레푸스가 그렇게 조심하는 것을 보고 안심했다.

그는 가족과 행복하게 사는 것으로는 절대 만족하지 못할 사람이었다.

권력 욕심이 없는 척하는 사람이야말로 권력을 탐하고 있다. 슈타이어는 레푸스 대공이 레푸스 왕이 되고 싶어 하는 것을 확실히 알 수 있었다. 문제는 그가 언제 솔직해질 수 있는가 하는 점이었다.

─계속 말해 보게.

─스타인을 통일하기 위해서는 두 사람이 필요하다고 했지요. 에이어리와 아리셀레스.

─그래, 대장장이 왕과 마법사 왕의 쫓겨난 동생.

슈타이어는 그 말을 듣는 순간 퍼뜩 과거를 떠올렸다. 그의 부하들을 몰살시킬 수 있는 마법사가 세상에 많을 리 없었다. 그러나 슈타이어는 쓸데없는 생각에 시간을 빼앗기지 않았다. 생각할 시간은 나중에도 충분했다.

─둘 중 누가 대장장이 왕이지? 에이? 아리?

─에이어리가 대장장이 왕이고 아리셀레스는 에메랄드 가문의 마법사입니다.

─그렇군, 그 이야기는 잘 기억하고 있어. 플리니 대공은 허튼소리를 하지 않는 사람이니 그 말이 맞겠지. 그래서 오늘 나를 찾아온 것은 그 일과 관련이 있나?

-그렇습니다.

-어떻게 관련이 있지?

-저희는 대공을 호위하기 위해 왔습니다.

-나에게는 호위병이 이미 충분해.

-그러나 이번 여행에는 많은 사람을 데려가실 수 없을 겁니다. 그래서 플리니 대공께서 가장 아끼는 저희 셋을 보내셨습니다. 마르쿠스 님은 나라를 맡아서 지키셔야 한다고요.

-무슨 여행?

-가서 대장장이 왕에게 상황을 설명하고 모셔 오기 위한 여행입니다.

레푸스는 재미있는 농담을 들은 사람처럼 웃었다.

-그런 거라면 그대들 셋이 다녀오게.

-플리니 대공께서 그렇게 말씀하실 거라고 예측하셨습니다. 이런 말씀을 전해 달라고 하시더군요. 그는 왕들의 하나로 고귀한 존재이고 신의 대리인이라고요. 그러니 왕이 될 사람이 직접 가서 마땅한 예의로 청해야 한다고 하셨습니다.

왕이 될 사람이라는 말은 레푸스의 비위를 맞추기 위해 미리 세심하게 준비한 선물이었다.

-일 년 정도는 미룰 수 있지 않을까? 지금 나는 가족 문제로 집을 떠날 수가 없는데? 떠났다가는 불화가 생길 거야. 피

가두 부인은 참을성이 없는 사람이거든.

슈타이어는 말로 레푸스를 설득하려고 하지 않았다. 자신도 없었고 임무에 속하지 않는 일이었다.

─피가두 대공이 어려서부터 자식을 너무 오냐오냐 키워서 그래. 내 말도 전혀 듣지 않는다고. 지난번에 플리니 대공을 만나러 갔다 와서도 한동안 처지가 편하지 못했어.

모제스가 피식 웃으려는 것을 슈타이어가 전투에서 쓰는 수신호로 말렸다. 모제스는 얼굴을 굳히고 얼른 고개를 숙였다.

─꼭 지금이어야 하나? 시간은 앞으로도 얼마든지 있는데? 몇 년 더 힘을 키울 수도 있을 거야.

─플리니 대공의 말씀에 따르면 제국의 기류가 혼란스럽게 변하고 있다고 합니다. 그렇게 되면 지금의 체제가 영원하지 않을 거라고 하셨습니다. 나중에 따님이 크면 대공 자리를 물려줄 수 있다고 생각하십니까?

마지막 말은 플리니가 알려 준 것이 아니었다. 레푸스의 얼굴이 자신도 모르게 붉게 변한 것은 화가 났다는 뜻이었다.

─그래, 내가 가지 않으면 안 된다는 말이지?

─그렇습니다.

─그대들이 날 지켜 주겠다는 거지?

-필요하다면 저희의 목숨이라도 바치겠습니다.

-슈타이어, 슈타이어. 뜻은 가상하지만 목숨을 바쳐도 지킬 수 없는 게 있네. 사람이란 결국 그 정도니까. 나는 그걸 확인해 봐야겠어.

슈타이어와 베르크만과 모제스는 영문을 몰라 서로를 돌아보았다.

-그대들이 내가 가장 아끼는 부하 셋을 각자 이길 수 있다면 나를 호위하게 해 주지. 그렇게 하지 못하면 그냥 돌아가는 거야.

레푸스는 권력자다운 말투로 마지막 말에 인장을 찍었다. 감히 그 말을 거역하는 것은 불가능했다.

-셋 중에서 둘이 이기면 되는 겁니까?

-무슨 소리야? 당연히 셋 모두 이겨야지. 그 정도는 되어야 나를 지킬 수 있을 것 아닌가? 세 용사의 명성이 헛된 것이 아닌지 확인해 보아야겠네.

슈타이어는 대공 앞에서 물러나면서 두 부하의 불평을 막았다. 대공은 멀리서 온 그들이 하루 푹 쉬고 난 내일 오후에 대결을 진행하겠다고 했다.

-결국 이기면 되는 것 아닙니까?

베르크만이 호기롭게 말했다.

－그러나 레푸스 대공이 가리고 가려 선발할 전사들일 거야. 우리가 무조건 이길 수 있다고 생각하는 것은 오만하고 어리석은 생각이야. 그럴 리는 없겠지만 저 유명한 마르쿠스가 직접 나올 수도 있지.

－그 사람은 늙지 않았습니까?

모제스도 전혀 위축되지 않는 것처럼 말했다.

－언제부터 나이가 어린 순으로 싸움의 결과가 정해졌지? 그렇게 따지면 너희들은 왜 나를 이기지 못해?

베르크만과 모제스는 대답하지 못했다.

－내가 여기 있는 동안 그분과 대결해서 단 한 번도 이긴 일이 없어. 과장이 아니라 정말이야. 그분이 사랑받는 신하인 이유는 단순히 머릿속의 지혜만 고려한 게 아니야.

－하지만 지고 나서 그냥 돌아갈 수는 없습니다.

－내 말은 포기하라는 게 아니라 방심하지 말라는 뜻이야.

그들은 각자 숙소로 돌아가서 잠을 청했다. 오히려 슈타이어는 푹 잤지만 두 부하는 걱정으로 잠을 설쳤다.

다음 날 느지막이 일어난 세 사람은 야외 공연장으로 초청을 받았다. 그들은 귀빈석에 앉은 레푸스 대공과 피가두 대공비를 보았다. 대공이 앉은 옆에는 마르쿠스가 서 있었다.

그 아래는 스타인 공국의 귀족들이 알록달록한 옷을 입고 자리를 빼곡히 채웠다. 좌우로 펼쳐지는 객석도 구경꾼으로 가득했다. 그들은 공간을 소리로 가득 채워 슈타이어의 세 용사를 당황스럽게 했다.

－몇천 명은 되겠는데요?

묻는 모제스만큼이나 대답하는 슈타이어의 표정도 일그러져 있었다.

－그 정도는 아니야. 군인이라면 군중의 숫자를 파악할 줄 알아야지. 레푸스 대공은 성격이 안 좋게 변했군. 여기에서 우리가 진다면 공개적으로 큰 망신을 당하겠어.

폴리니 대공은 모든 과정을 비밀로 처리하려고 노력했다. 레푸스 대공은 제국의 까마귀가 뻔히 보고 있는 것을 알면서도 구경꾼으로 가득한 대결을 준비했다.

그는 한때 까마귀 발톱이었으나 지금은 머리와 수염을 길러 첩자에게 들킬 염려는 없었다. 까마귀 발톱들은 머리를 짧게 자르고 항상 깔끔하게 면도한 상태여야 했다.

슈타이어는 레푸스의 속내를 제대로 이해할 수 없었다. 레푸스는 먼 단상 위에 앉아 그를 쳐다보지도 않았다. 마르쿠스는 어느새 자리를 비우고 없었다.

사회자가 나서서 우렁찬 목소리로 대공과 대공비를 소개했다. 그리고 폴리니 공국의 전사들과 벌이는 친선 대결의 취지를 설명했다. 물론 모든 것이 다 거짓말이었다. 대결은 레푸스 대공의 변덕으로 이루어지는 것이었다.

군중은 아무것도 모르는 사람처럼 환성을 질렀다. 슈타이어의 두 부하들은 그런 분위기에서 싸울 생각에 피가 끓어올랐다. 슈타이어는 자신도 비슷하게 느낀 까닭에 부하들을 탓하지 않았다.

처음으로 나서는 대결자는 자청해서 슈타이어가 되었다. 슈타이어는 첫 상대로 조금 전 사라진 마르쿠스가 나올 가능성을 염두에 두었다. 그러나 상대는 이름 모를 전사였다.

아까는 사회자였던 사람이 금방 심판이 되었다. 그는 쩌렁쩌렁 울리는 목소리로 대결의 목적이 친선에 있다고 선언했다. 그러니까 상대에게 치명상을 입히는 일은 없어야 한다고 했다. 죽이는 것은 더더욱 안 되었다.

멀리 보이는 레푸스 대공이 희미하게 고개를 끄덕여 동의했다. 다행히 이 기회를 이용해 슈타이어를 죽일 생각은 아닌 모양이었다.

그러나 어쩌면 그렇게 생각하게 해 놓고 방심한 사이에 죽일지도 모른다. 슈타이어는 어째서 그를 의심하는 지경까지 왔는지 생각해 보았다. 모든 문제는 레푸스가 속내를 드러내지 않아서 생기는 것이었다.

그렇게 고민하면서도 일단 대결이 시작되자 슈타이어는 망설이지 않았다.

그는 제국 시절부터 사용하던 길고 가느다란 찌르기용 칼을 여전히 사용했다. 제국을 상징하는 무기였다. 까마귀 발톱이 즐겨 사용하는 무기이기도 했다. 숨어 있는 제국의 첩자들이 알아차리더라도 무기는 바꾸고 싶지 않았다.

종이 울린 여운이 가시기도 전에 슈타이어가 상대의 코끝에 칼을 쓱 들이밀었다. 스타인 사람들은 찌르기 공격에 익숙하지 않았다. 반대로 그는 그 기술에 너무 단련된 사람이었다. 전사의 코에서 피 한 줄기가 흘러내렸다.

더 힘을 준다면 머리를 그대로 꿰어 버릴 것이다. 상대는 칼을 놓쳤고 그것으로 끝이었다. 장내의 분위기는 좋지 않게 변했다. 관중들은 애국적인 시합 결과를 기대했던 것 같았다.

슈타이어는 스타인 공국과 폴리니 공국은 같은 나라라고 말해 주고 싶었다. 그러나 스타인 왕국 시절부터 산지 사람들은 차별을 받았다. 제국이 나라를 여섯으로 쪼갤 때는 그런 고려가 있었을 것이다. 금이 간 곳을 한번 벌려 놓으면 쉽게 붙기 어려웠다.

두 번째 시합에서는 얼굴에 상처가 있는 베르크만이 날뛰었다. 그는 까마귀 발톱만 배우는 특유의 발놀림을 사용하며 상대를 농락해 뒤를 넘나들며 공격했다. 상대는 공격을 막다가 다리가 꼬여 스스로 넘어져 버렸다. 군중에 숨어 있는 까마귀들이라면 베르크만의 기술을 단숨에 알아볼 수 있었다.

그리고 마지막 대결에 모제스가 나서자 갑자기 환호성이 들렸다. 슈타이어는 이상한 낌새를 느끼고 고개를 들었다. 모제스는 스타인 공국에서 환영을 받을 일이 없었다. 객석이 열광한 이유는 모제스의 상대로 마르쿠스가 나와서였다.

그제야 슈타이어는 단상 위에서 웃고 있는 레푸스 대공을 확인했다. 그는 제발 레푸스의 행동에 깊은 의미가 담겨 있기를 바랐다. 권력자들은 가끔 이유 없이 정신 나간 짓을 저지르는데 레푸스가 벌써 그러면 곤란한 일이었다. 그는 스타인 통일의 구심점이 되어야 할 사람이었다.

모제스의 손에는 막대기 하나만 들려 있었다. 그가 갈색 마을을 다스리던 시절부터 그가 쓰는 무기는 오로지 그것뿐이었다.

- 존, 저 사람을 적당히 때려 주자.

마르쿠스는 평소에 쓰지 않는 긴 창을 들고 있었다.

- 무기에 이름을 붙여 준 건가? 옛날에 내 친구 중에도 그런 사람이 있었지. 나쁘지 않은 생각이야. 무기는 유일하게 믿을 수 있는 친구니까.

모제스가 못 들은 척했다.

－모제스는 정식 군대의 병기에 대해 아는 것이 별로 없어. 저건 투창이야.

슈타이어가 경고하는 외침은 시작하는 종소리에 가려졌다. 마르쿠스는 순식간에 창을 고쳐 잡았다. 관중들의 목소리가 잦아든 순간에 마르쿠스의 창이 날아갔다. 모제스는 왼팔을 감싸 쥐며 뒤로 한 바퀴 굴렀다.

－모제스.

－괜찮아, 스쳤어.

슈타이어가 베르크만을 안심시켰다. 마르쿠스가 마음만 먹었다면 그대로 배에 꽂았을 것을 그는 잘 알았다. 모제스는 절대로 피할 수 없었을 것이다.

슈타이어가 보기에 팔을 다친 모제스는 얼어 있었다. 그가 지금까지 실전에 상대한 자들이야 대부분 강도나 산적이었다. 제대로 훈련받은 군인의 공격을 받아 본 적이 별로 없었다. 슈타이어의 부하가 되어서도 목숨을 걸고 상대했던 것은 괴물뿐이었다.

마르쿠스가 칼을 뽑았다. 모제스가 든 존은 주인의 움직임을 따라 미세하게 떨렸다. 슈타이어는 결판이 났다고 생각했다.

마르쿠스는 슈타이어를 보고 뒤돌아 자신의 군주를 보았다. 레푸스의 미간이 좁혀지면서 눈썹들이 소용돌이쳤다. 마르쿠스는 다시 떨고 있는 모제스를 보았다.

그의 마지막 동작은 손목을 비틀어 칼을 바닥에 떨어뜨리는 것이었다. 돌바닥에 닿는 금속 소리는 종처럼 맑게 들렸다. 마치 신호이기라도 한 것처럼 모두 입을 다물었다. 마르쿠스를 주목하고 그가 어떤 행동이라도 해 주기를 바랐다.

－아까 창을 던지다가 손목을 다쳤으니 기권하겠소.

마르쿠스는 야유가 나올 틈도 없이 안으로 들어가 버렸다. 이상한 침묵은 쉽게 사라지지 않았다. 사람들은 어떤 반응을 보여야 하는지 몰라서 서로의 눈치만 볼 뿐이었다.

레푸스는 피가두 부인을 내버려 두고 먼저 의자에서 일어나 바깥으로 나갔다. 피가두 부인은 그 모습을 보면서도 당황하지 않고 가만히 앉아 있었다. 대공비답게 침착하고 눈치가 빨랐다.

－대체 이 모든 일이 어떻게 된 걸까요?

슈타이어는 베르크만의 질문을 듣지 못했다. 그는 설령 에이어리와 아리셀리스의 힘을 빌리는 데 성공하더라도 스타인 왕국의 통일이 생각했던 만큼 쉽지 않으리라는 생각에 빠져 있었다.

초대 스타인 왕을 모셨던 피가두와 르네,

두 사람의 자손들은 대대로 왕을 보필하는 역할을 담당했다.

그들의 권력은 날이 갈수록 커져서 힘을 합친다면

왕을 위협하고도 남을 크기가 되었다.

다행히 서로 우위에 서고 싶은 양쪽이

협력하는 일은 거의 없었다.

스타인의 모든 관료에게는

알게 모르게 질문 하나가 주어졌다.

피가두냐, 르네냐. 본인이 결정하지 않는다고 해도

사람들이 생각하는 대답이 그 사람의 앞날을 결정했다.

스타인 왕가는 두 세력을 견제하기 위해

오랫동안 그들과 인척 관계를 맺지 않았다.

레푸스가 피가두 부인과 결혼한 것은

둘 중 한쪽 편을 든 것이나 마찬가지라 논란이 되었다.

스타인 사람들은 그 일 때문에 르네 대공이

제국 쪽으로 마음을 돌렸다고 수군거린다.

XV

에이어리가 깨달음을 얻어
디하우트의 유산에 접근한다

에이어리의 활력은 눈에 띄게 떨어져 이제는 주로 누워 있었다. 그러다가 뭔가 생각이 떠오르면 실험해 보고 실패한 다음 다시 누웠다. 계속 새로운 내용을 생각해 내는 것을 보면 아직 머리는 멀쩡한 것 같았다.

데스커드의 생각은 더 일찍 바닥나서 떠오르는 것이 없었다. 그는 주변을 쏘다니며 식량 같은 것을 구해 왔다. 가끔 사냥에 성공할 때마다 스승님들의 가르침이 훌륭했다고 떠들었다.

투란은 에이어리를 구경하거나 데스커드를 따라다녔다. 평생 마을을 벗어난 적이 없었던 탓에 아직은 지루할 틈이 없었다.

데스커드는 대장장이 왕이 널브러진 모습을 아주 못마땅하게 여겼다. 그래서 어느 날 그를 일으켜 세우고 적당히 만든 의자에 앉혀 놓았다. 그것도 대장장이 왕이 만든 것이라 보기와 다르게 훌륭한 물건이었다.

- 드릴 말씀이 있습니다.

- 말해 봐.

- 우리가 여기에 머물고 시간이 꽤 많이 지났습니다.

- 그래서?

- 이대로 가다가는 제국이나 젤레즈니 왕국까지 가 보지도 못할 것 같습니다. 우리의 가출이 너무 길어지고 있어요. 언젠 가는 다시 돌아가야 하잖아요?

- 가출이라니, 그게 무슨 망언인가? 우리는 목적을 가지고 나온 거야.

- 가르젠 사제장님의 허락은 받지 않았잖아요?

- 내가 왕인데 누구한테 허락을 받아? 게다가 이제 어른인 데 내 마음대로 하는 거지.

- 그러면 왜 말도 없이 도망 나오셨습니까? 스승님 집에다 가 그렇게 장난까지 치고요.

에이어리는 가르젠의 집 바닥에 대장장이 문자를 그리던 순간을 떠올렸다. 지금은 그런 즐거움을 느낀 지 오래였다. 다 리를 다쳤을 때부터 왠지 일이 원하는 대로 풀리지 않는 기분 이 들었다.

- 그래서 하고 싶은 말이 뭐야?

－대장장이 왕의 힘으로 어떻게든 이 위기를 탈출하셔야 합니다.

－그래, 말 잘했어. 대장장이 왕의 힘을 써야지. 아주 커다란 공성 무기를 만들어서 저 동굴 입구를 박살 내야겠어.

－그러면 디하우트 님이 일부러 남겨 주신 개량된 문자도 같이 파괴되지 않을까요?

－어쩌라는 말이야?

－기운을 내서서 맹렬하게 도전하셔야 합니다. 지금처럼 이렇게 맥없이 도전하시면 우리는 내년까지 여기에 있어야 돼요.

－기운이 안 나는 걸 어떡해?

－그럴 경우에는 억지로 기운이 나게 육체에 고통을 가해야죠.

－뭐라고?

어느새 투란도 옆으로 다가와 이야기를 듣고 있었다. 투란이 흥미롭게 듣는 것을 보고 데스커드는 더 열심히 입을 놀렸다.

－전에 탈와르 스승님이 말씀하셨습니다. 자기가 살던 고향에서는 정신이 약해질 때마다 몸에 문신을 새긴다고요. 그 고통을 받아들이며 마음과 정신을 다잡는 겁니다. 나중에 그 고

통이 기록으로, 또 기억으로 남게 되고요.

　－탈와르가 루 도인 출신이었던가? 그런데 정작 그 사람은 문신이 하나도 없잖아? 본 적이 없는데? 어디 안 보이는 곳에 있는 거야?

　－본인 말씀으로는 자신은 정신력이 강해서 그런 일을 할 필요가 없었답니다.

　－그게 아니라 아픈 걸 싫어해서가 아닐까? 탈와르는 겉보기와 다르게 자기 몸을 아끼지. 그 수염만 해도 관리하려면 매일 다듬어 줘야 할 거야.

　－아무튼 중요한 건 그게 아닙니다. 왕께서는 지금 너무 늘어져 계세요. 어떻게든 정신을 차리셔야 합니다.

　데스커드는 덧붙였다.

　－몸에 문신을 새기는 한이 있더라도요.

　마침 그때 데스커드는 식량을 구하고 와서 손에 주머니칼을 들고 있었다. 에이어리는 반역을 당한 왕처럼 다급하게 소리를 질렀다.

　－뭐로, 뭐로 문신을 새기는데? 설마 그건 아니지?

　데스커드도 손에 든 칼을 보고 놀라 얼른 주머니에 넣었다.

　－아, 그럼요. 보통 바늘로 새기죠. 마을에 가서 염료랑 함께 구해 오면 됩니다.

-투란, 저 미련한 인간을 당장 막아요.

투란은 자기도 모르게 대장장이 왕의 명령을 수행했다. 데스커드를 잡아서 바닥에 내팽개치고 눌러 버렸다. 데스커드는 투란과 싸울 생각이 없어서 순순히 제압되었다. 땅바닥에 부딪친 턱이 눈물이 나오도록 아팠다.

투란은 자기가 한 짓에 놀라서 뒤로 물러섰다. 데스커드는 턱을 만지며 일어나 바닥에 앉았다.

-투란을 경호원으로 고용하고 널 다시 신전으로 보내야겠다. 자기가 모시는 왕의 몸에 문신을 새기겠다고?

-기력이 나게 해 드리려고 그랬어요. 보세요, 얼마든지 팔팔하게 움직이실 수 있잖아요?

-문신이라니 말도 안 되는. 내 몸에 대장장이 왕의 문자라도 새기라는 거야?

에이어리는 자기 말에 충격을 받은 사람처럼 우뚝 멈춰 서더니 이어서 중얼거렸다.

-그래, 사실 나쁘지 않겠어.

에이어리가 갑자기 기쁨에 넘쳐 바닥을 팔짝팔짝 뛰다가 자기가 만든 의자를 발로 찼다. 아픔 때문에 바닥을 구르면서도 기쁨을 숨기지 못했다.

-조심하세요, 저번에 다치신 지도 얼마 안 되었잖아요. 대

체 왜 그러십니까?

　- 네 말이 옳아, 데스커드. 디하우트 님은 대장장이 왕만 문자를 발견하기 바라셨을 거야. 그렇다면 대장장이 왕만 사용할 수 있는 방법으로 해결하게 만드셨겠지. 당연히 그러셨을거야.

　- 그래서요?

　- 지금까지 듣고도 모르겠어? 대장장이 왕의 문자. 그건 오직 대장장이 왕만 쓰고 느낄 수 있지.

　- 대장장이 왕의 문자를 몸에 그리는 거예요.

　투란이 얼른 대답했다. 그녀는 대장장이 왕과 경호원을 따라다니면서 많은 것을 배웠다.

　- 이것 봐, 다 아는데 왜 너만 모르는 거야? 대장장이 왕의 문자가 내 몸에 있으면 나는 그 기운을 느낄 수 있어. 그러면 저 문자의 기운을 상쇄할 수 있잖아?

　- 아, 그러네요. 그럼 저한테 그려 주시면 제가 들어갈 수도 있겠네요.

　- 무슨 말을 하는 거야? 벌써 잊었어? 대장장이 왕의 문자는 오직 대장장이 왕만 느낄 수 있어. 보통 사람은 해석하는 법을 배울 수 있어도 느끼는 건 불가능하다고.

　- 하지만 저건 우리도 느낄 수 있잖아요?

데스커드와 투란이 동굴 입구 쪽을 가리켰다. 에이어리는 입을 벌릴 수 있을 만큼 크게 벌렸다.

―그래, 저 안에는 디하우트 님이 만드신 개량된 문자가 있다고 했지. 저 문자는 대장장이 왕뿐 아니라 누구에게나 영향을 끼치는 거야. 깊이 생각해 보지도 않고 시간만 낭비하고 있었어. 아무튼 당장 내 몸에 문자를 그려야 해.

―그러면요?

―저 동굴 속 문자의 기운을 상쇄하게 되는 거야, 데스커드. 그러면 다가갈 수 있겠지.

―죄송합니다만.

투란이 끼어들었다.

―몸에 쓰지 않고 다른 곳에 써서 지니고 가시면 안 되나요?

―그것도 나쁘지 않겠지만 강력한 효과를 보려면 역시 몸에 쓰는 게 나을 거예요. 그러고 보니 오카브 스승님은 몸에 대장장이 왕의 문자를 쓰지 말라고 하셨어.

―왜요?

―옛날에 스승님이 너무 우울해서 몸에 대장장이 왕의 문자를 그린 적이 있대. 흥겨운 축제를 통째로 담아서 자기 팔에 그린 거야.

－그래서 무슨 일이 일어났어요?

데스커드가 물었다.

－마음을 주체할 수 없게 되더래. 문자가 표현하는 모든 사람의 기쁨과 흥분을 혼자 받아들이게 된 거지. 하루 동안 신이 나서 사방을 뛰어다니면서 한숨도 자지 않았어. 사제들이 잡으려고 했지만 다치지 않게 잡을 방법이 없었대.

－그다음에는요?

이번에는 투란이 물었다.

－스승님은 결국 지쳐서 쓰러졌지. 그 약한 몸이 허용하는 것 이상으로 뛰어다녔으니까. 몸이 엉망이 되어서 한동안 침대에만 누워 있었대. 그사이 팔에 그려진 문자를 겨우 지웠지.

－무서운데요?

데스커드의 말을 투란이 받았다.

－정말로요.

－그러니까 그리기 전에 신중하게 생각해야 돼. 어떤 장면을 그릴지 어떤 마음을 그릴지 완벽히 정한 다음 그리는 거야. 저 문자가 공포와 슬픔을 준다고 축제를 그리면 끝장이야.

－괜찮습니다. 아무리 뛰어다니셔도 제가 잡을 수 있어요.

－그리고 난 갈비뼈가 부러져서 반년은 여기 누워 있겠지.

데스커드는 재치 있게 받아넘길 말을 생각하지 못했다. 실제로 그런 일이 일어날 것 같아서였다.

─일단 대장장이 왕의 문자를 그리려면 잘 지워지는 물감이 있어야 돼. 그런 일에 쓸 수 있는 걸 좀 찾아서 가지고 와.

에이어리는 데스커드와 투란을 보내 놓고 생각에 잠겼다. 어떤 감정이 다른 감정을 모두 이길 수 있을까? 디하우트의 문자는 정신을 지배할 만큼 강력했다.

에이어리는 의자에서 일어나 동굴 쪽으로 다가섰다. 여러 번 실험을 통해 경계를 알아냈다. 경계 바깥쪽에서는 아무렇지도 않았다. 안쪽에 한 걸음만 들어서면 정신을 다스릴 수 없었다.

에이어리는 영역 안으로 다시 들어섰다. 공포, 동굴 속의 신성한 표지에 대한 두려움이 솟아났다. 슬픔, 그가 인간으로서 필연적으로 겪어야 하는 죽음이 의지를 꺾었다. 그리고 희미하지만 다른 것 한 가지가 더 있었다.

대장장이 왕은 그 감정을 느끼기도 전에 몸이 저절로 물러나는 것을 느꼈다. 이번에는 정신을 잃지 않고 지킬 수 있었다. 그러나 그 대가로 머리가 조이는 듯이 아팠다. 눈물이 마구 솟아나고 몸이 떨렸다.

─하나가 더 있어. 앞선 두 감정이 너무 강해서 느끼지 못하는 세 번째 감정이 있어.

에이어리는 그렇게 혼잣말을 하고 다시 일어섰다. 그리고 다시 문자의 영역 안으로 들어갔다. 그렇게 몇 번을 반복했다. 그러나 세 번째 감정을 느끼면서도 여전히 그 정체를 알 수 없었다.

그가 다시 정신을 차린 것은 이틀이 지난 후였고 그는 이틀 내내 잠만 잤다. 데스커드와 투란은 물감을 구해 오자마자 쓰러져 있는 에이어리를 발견했다. 두 사람은 처음에 그가 죽은 줄 알았다. 다행히 대장장이 왕은 잠이 부족한 사람처럼 약하게 코를 골며 자고 있었다.

─사람 좀 놀라게 하지 마십시오. 대체 몇 번이나 들어가신 거예요?

─언제부턴가 세는 걸 잊어버렸어. 꽤 많이 들어가기는 한 것 같아. 열 번 정도 될까? 아니면 스무 번?

에이어리는 팔다리가 저려 힘이 들어가지 않는 것을 느끼며 대답했다. 계속 힘을 주려고 해도 근육이 말을 듣지 않았다.

─그래서 뭘 그릴지는 알아내신 거예요?

─아니, 저 세 번째 감정이 뭔지 모르는 이상은 그릴 수 없지.

에이어리가 세 번째 감정이 있다는 것을 설명하려는데 배에서 꼬르륵 소리가 났다. 데스커드는 그에게 먹을 것을 주었다.

다 먹고 난 에이어리는 여전히 막막하다는 듯이 데스커드를 보았다. 데스커드는 이마를 찌푸렸다. 그가 돕기 어려운 영역이라는 뜻이었다.

투란은 두 사람에게서 조금 떨어진 곳에 앉아 바닥을 살피고 있었다. 에이어리와 데스커드는 우연히 동시에 그쪽을 보았다.

－먼저 투란을 집에 데려다주는 게 어떨까? 저 친구는 우리 때문에 고생을 너무 많이 했어. 여기에 머무른다고 금방 해결될 문제가 아니야. 갔다가 돌아오면서 천천히 고민해 봐야겠어.

데스커드는 망설였다.

－글쎄요, 하지만 투란을 얼른 집으로 데려다주어야 한다는 말씀은 옳아요. 만약 내일까지 아무것도 떠오르지 않으면 그렇게 하시죠.

밤이 깊었을 무렵 에이어리의 팔과 다리는 다시 주인의 말을 듣기 시작했다. 짐승이나 괴물을 대비해 불을 밝혀 놓은 덕분에 에이어리는 두 사람이 잘 보였다. 투란은 구석에서 등을 돌리고 몸을 웅크린 채 자고 있었다. 데스커드는 불이 얼굴을 환히 비추는 위치에서 기괴한 표정으로 잠들어 있었다.

- 으하하하하.

데스커드는 자다 말고 소리를 내며 웃었다. 자주 있는 일이라 에이어리는 전혀 놀라지 않았다. 대신 그런 소리를 낼 때의 표정을 본 것은 처음이었다.

그가 낸 소리와는 반대로 얼굴은 일그러져서 울기 직전처럼 보였다. 다시 보면 웃음을 참느라 얼굴에 힘을 주고 있는 것 같았다. 에이어리도 소리를 내어 웃었다. 그러나 자신의 표정도 그와 다르지 않다는 것을 알아차렸다.

- 어쩌면.

에이어리는 물감을 꺼냈다. 주변을 돌며 작은 나뭇가지를 찾아냈다. 그는 팔뚝 안쪽의 고운 피부에 대장장이 왕의 문자를 그리기 시작했다. 어쩌면 답을 찾아냈다고 생각해서 조금 들뜬 기분이었다.

에이어리는 신중하게 양쪽 팔에 대장장이 왕의 문자를 그렸다. 왼쪽을 다 그린 다음 오른쪽을 그리는 것은 훨씬 어려웠다. 문자가 그에게 작용하기 시작한 탓이었다. 그러나 밤은 길었고 그는 그럭저럭 양팔의 문자를 완성할 수 있었다.

그는 나뭇가지를 던지고 일어서서 다시 금지된 동굴로 다가섰다. 밤이라 경계는 잘 보이지 않았다. 에이어리는 실실거리며 다가섰다.

－세 번째 감정은 아주 희미하게 숨겨져 있었습니다. 그것이 저에게 남기신 단서라는 걸 이제 알겠습니다. 대장장이 왕만이 그것을 눈치챌 수 있게 만드셨으니까요. 공포와 슬픔을 동시에 극복할 수 있는 것은 오직 하나뿐입니다.

에이어리는 용기를 모으기 전에 다시 망설였다. 그의 스승도, 가르젠도, 선대 대장장이 왕들도 망설였을 것이다. 망설이지 않고 결정하는 것이야말로 위험하다. 에이어리는 그렇게 생각하며 발을 영역 안쪽으로 넣었다.

그는 여전히 공포를 느꼈다. 슬픔도 전혀 사라지지 않았다. 그러나 세 번째 희미한 감정이 에이어리의 양팔과 만나 낮은 진동을 만들어 냈다. 에이어리는 양팔이 저릿저릿한 기분을 느끼며 앞으로 나아갔다.

그는 웃고 있었다. 환한 웃음은 아니었지만 분명히 웃음이었다. 그가 생각하기에 공포와 슬픔을 동시에 극복할 수 있는 유일한 수단이었다. 자기 생각이 맞았다는 것을 확인하고 웃음은 미세하게 더 커졌다.

디하우트는 자상한 사람이었다. 단서가 될 만한 감정을 희미하게 남겨 놓았다. 평생 만날 수도 없고 동굴에 찾아올지도 확실하지 않은 후배를 위해서였다. 가슴이 먹먹해진 탓에 슬

폼도 약간 커진 기분이 들었다.

에이어리가 동굴 안으로 들어서자 전혀 다른 풍경이 눈에 들어왔다. 처음 경계 안에 들어섰을 때 보였던 모습은 동굴 가까이에서 보면 진짜가 아니었다. 에이어리는 그런 환상을 만들 수 있는 존재를 얼마 전에 만났었다.

실제 동굴 입구는 매년 새로 자라는 덩굴에 휩싸여 있었다. 바깥에서는 보이지 않던 장애물이었다. 맨손으로 덩굴을 치우느라 작은 가시가 팔을 할퀴어도 에이어리는 개의치 않았다.

덩굴을 치우니 돌들을 쌓아 성벽처럼 막아 놓은 입구가 보였다. 에이어리는 근육이 없는 가는 팔로 돌을 치우느라 팔이 아팠다. 선선한 날씨인데 피부에 땀이 맺혀 흐르기 시작했다.

그렇게 고된 과정을 거친 끝에 진짜 동굴의 입구가 나타났다. 그 안까지는 빛이 닿지 않았다. 에이어리는 잠깐 밖으로 나가 바닥에 횃불을 만들어 가지고 돌아왔다. 데스커드와 투란은 아무것도 모르고 곤히 자고 있었다.

에이어리는 마침내 바닥에 그려진 대장장이 왕의 문자를 보았다. 기본적인 것은 비슷했다. 하늘을 상징하는 원과 땅을 상징하는 네모. 그 안팎에 여러 가지 기호를 그려 시간과 공간을 초월하는 뜻을 전달한다.

정작 대장장이 왕을 놀라게 했던 것은 문자 속에 담긴 감정이었다. 6대 대장장이 왕 디하우트는 일부러 함정을 만들지 않았다. 공포와 슬픔은 문자의 의미 속에서 자연스럽게 흘러나왔다. 에이어리는 눈물을 흘리지 않을 수 없었다.

에이어리가 알고 있는 대장장이 왕의 문자와 바닥에 그려진 것은 한 가지 크게 다른 점이 있었다. 문자의 가운데에 작은 원과 네모가 겹쳐져 하나 더 그려져 있었다. 그것은 인간을 상징하기 위한 것이었다. 에이어리는 손을 뻗어 문자의 가장자리를 만졌다.

그 순간 물감이 작은 모래로 변해 에이어리의 손가락으로 흐르기 시작했다. 손가락 끝을 통해 그의 몸으로 흡수되는 것처럼 보였다. 그러나 사실은 그냥 소멸되고 있었다. 아직 문자를 외우지 못한 에이어리는 당황해서 작게 소리를 질렀다.

─안 돼, 아직.

재들이 사라지면서 에이어리의 양팔에 그린 문자도 함께 흩어졌다. 문자가 다 사라지고 난 뒤에도 에이어리는 움직이지 않았다. 쭈그려 앉은 자세가 불편해서 다리가 떨리기 시작한 다음에야 주저앉았다. 에이어리는 자신이 소중한 유산을 망각한 것이 아닐지 걱정스러웠다.

그러나 그가 막상 손을 들자 기억은 그림처럼 되살아났다.

조금 전 본 문자의 미세한 부분까지 전체를 똑같이 재현할 수 있었다. 그는 기억을 더듬어 그리면서 공포와 슬픔이 자신의 몸에 퍼지는 것을 느꼈다. 이제 그를 휘두르지는 못하고 주변에서 떠다니는 것들이었다.

에이어리는 문자를 쓰고 지우기를 몇 번이나 반복했다. 그러는 사이에 세상은 다시 빛이 차지했고 데스커드와 투란도 깨어났다. 그들은 에이어리가 동굴에 앉아 있는 모습을 뚜렷이 볼 수 있었다. 사방을 가로막았던 환상이 모두 사라졌기 때문이었다.

사람의 시야를 교란하는 장애물은 크룽훙다르흐가 만든 것이었다. 크룽훙다르흐는 먼 곳에서 에이어리가 새 문자를 얻게 된 것을 느꼈다. 인간처럼 괜히 흥분하는 일은 없었다. 그저 만족하는 소리를 작게 냈을 뿐이었는데 물론 보금자리에 홀로 있는 그 외에는 아무도 듣지 못했다.

- 해내셨군요.

- 그런 셈이지.

에이어리는 눈물 자국으로 범벅이 된 얼굴로 환하게 웃었다.

- 눈 밑이 검어지셨어요.

투란의 말투에는 걱정이 담겨 있었다.

- 밤을 새워서 그래요. 이제 좀 편하게 자야겠어요.

에이어리는 천천히 동굴을 걸어 나와 바닥에 누웠다. 마음이 들떠 쉽게 잠이 오지 않았다. 그러나 막상 피로가 몰려오기 시작하자 저항 없이 잠들었다. 그가 일어났을 때는 다시 저녁이었다.

하루 동안 꼬박 굶은 배를 달래려고 식사를 마치자마자 데스커드가 물었다.

- 이제 어떻게 하실 겁니까?

- 응?

- 우리의 다음 행선지는 어디입니까?

- 그거야 당연히.

에이어리는 투란을 쳐다보았다.

- 저 친구를 먼저 마을에 데려다 주고 다시 신전으로 돌아가야지.

- 제국이 아니라요?

- 아니, 스승님하고 가르젠하고 상의할 일이 있어. 새로 알게 된 문자에 대해서 얼른 얘기해 봐야 돼. 어쨌든 나도 대장장이 왕이니까.

- 그럼 가출은 이걸로 끝인가요? 제국과 젤레즈니 왕국은 영영 못 가는 건가요?

데스커드는 실망했다기보다 홀가분해 보였다.

 – 가출이 아니었다니까? 그리고 이 일만 끝나면 또 얼마든지 도망칠 수 있어. 다음번에는 널 거기에 남겨 두고 올 거야.

 – 잘 되었네요. 수발을 드느라 너무 힘들었거든요.

둘의 이야기를 가만히 듣고 있던 투란이 불쑥 끼어들었다.

 – 만약 급하시다면 곧바로 신전으로 가셔도 괜찮아요.

투란을 보는 두 사람의 눈이 커졌다. 투란은 당황한 티를 내지 않으려고 했다. 그녀는 고향으로 돌아가서 남은 생을 보내고 싶지 않았다. 그녀에게 찾아온 일생일대의 모험을 이대로 끝내고 싶지 않았다.

 – 그렇게 해요, 그럼.

에이어리는 데스커드 쪽을 보지 않고 무심하게 대답했다.

대장장이 왕 일행은 동굴 근처에서 밤을 보내고 아침이 되자마자 가까운 마을에서 말을 사들여 급하게 작은 마차를 만든 다음 곧바로 신전을 향해 달렸다.

✦ 작품 해설 ✦

길 위를 걷는 별들의 이야기

오세란 문학평론가

『대장장이 왕』 1편에 이어 2편 해설을 쓰게 되었다. 지난 해설을 쓰며 완결되지 않은 작품의 해설을 쓰는 것이 얼마나 어려운 일인지 깨달았지만 또 해설을 쓰려고 마음먹은 이유가 있다. 일단 작가와 인물이 걸었던 길을 서둘러 좇고 싶었고, 2편을 읽는 내내 정말 재미있어서 독자들과 이야기를 나누고 싶었다. 이제 주요 인물들은 저마다 자신의 길을 성큼성큼 내딛기 시작하고 작가는 인물이 달리는 방향과 속도를 조율한다. 드디어 본격적인 레이스가 시작되었다.

『대장장이 왕』 1편에서 작가는 다양한 인물을 등장시켰고, 그중 에이어리와 아리셀리스를 비롯한 몇몇 인물은 밤하늘 별자리의 1등성처럼 빛났기에 어느 인물이 서사의 중심에 설지 조금은 예감할 수 있었다. 2편은 1편에서 빛났던 인물들의 여정이 이어지기에 1편보다 훨씬 수월하게 읽을 수 있다. 2편에서 대부분의 인물들은 길 위에 서 있다. 그러나 그들은 단순한 방랑자나 여행자가 아니다. 그들은 나라를 되찾으려는 열정과 성장의 의지를 가지고 움직인다. 궁궐에 머무는 마법사 왕국의 왕 라토나 스타인의 전 국왕 무스텔라가 무력하게 그려지는 데 견주어 집을 떠난 인물들은 저마다의 욕망을 드러내어 대비를 이룬다. 그러니 독자는 이 별들의 힘찬 여정에 동참할 수밖에 없다.

제국을 향해 걷거나 대장장이 신전으로 달리거나

2편의 첫 장면에 등장하는 대장장이 왕이었으나 왕좌에서 내려온 에이어리의 스승 오카브와 대장장이 신전의 사제장인 가르젠의 여행을 이해하기 위해서는 1편의 마지막 장면으로 돌아가야 한다. 오카브와 가르젠은 에이어리가 신전을 떠나며 남긴 편지를 발견한다. 넓은 세상을 돌아보고 제국의 황제와 젤레즈니 여왕까지 만나겠다는 당찬 포부가 담긴 편지에 놀라 두 사람은 에이어리를 찾아 나서기로 결심한다. 청년 에이어리의 계획은 젊은이로는 야심찬 시도지만 세상이 어떤 곳인지 아는 오카브와 가르젠의 생각으로는 무모하고 위험한 일이다. 두 사람은 함께 출발하지만 에이어리가 간 방향이 짐작되지 않아 제국과 젤레즈니 왕국으로 향하는 갈림길에서 헤어지기로 한다.

이중 오카브는 젤레즈니 왕국을 향하던 중 다사라는 인물에게 납치된다. 다사는 그의 가족 일당과 공모하여 오카브를 제국의 황제에게 넘기고 몸값을 받으려는 음모를 꾸민 자다. 다사와 오카브의 제국을 향한 동행은 아이러니하고 유머 넘치며 때로는 감동적이기까지 하다. 독자들은 두 사람이 나누는 대화를 들으며 대장장이 왕이었던 오카브가 젤레즈니 왕국을 위해 제국과 전쟁을 벌여 제국의 많은 병사들이 죽었고 그로 인해 신이 부여해 준 권능을 잃고 왕좌에서 내려와야 했던 사연을 알게 된다. 어쩌면 이 작품에서 과거에 일어난 일들은 앞으로 일어날 사건만큼 중요하며 오카브는 에이어리의 스승이자 보호자 이상으로 중요한 역할을 담당하지 않을까?

가르젠 역시 대장장이 신을 맹목적으로 추종하는 무리와 산적에게 잡힌 이들을 구하는 우여곡절을 겪으며 자신의 목적지인 제국의 수도에 도착한다. 오카브와 가르젠은 대장장이 왕을 만나기 위해 각각 다른 방향으로 걸어갔으나 결국 모두 제국의 수도에 도착한다. 그곳은 가장 권력이 강한 황제가 있는 곳이며 이는 두 사람의 생명이 위태로울 수도 있음을 뜻한다. 이들이 위험을 무릅쓰고 에이어리를 찾으려는 이유는 에이어리가 대장장이 왕이기 때문이지만 에이어리를 향한 두 사람의 감정에는 그 이상의 연민과 안타까움이 엿보인다. 그 감정의 실체는 고아인 에이어리를 거둔 두 사람의 아버지 같은 사랑이 아닐까?

스타인 왕국의 레푸스 왕자는 대장장이 왕의 신전으로 향한다. 1편에서 레푸스 왕자는 오줌 세 방울이라는 그리 깨끗하지 않은 별명을 가진, 술을 과도하게 좋아하는 철부지 같은 모습으로 등장했으나 이번에는 조금 더 어엿한 인물로 출연한다. 어쩌면 여섯 개의 작은 공국으로 분열된 스타인의 상황이 그를 성장시켰을지도 모른다. 레푸스 왕자에서 레푸스 대공이 된 그는 나라를 재건하기 위해 암중모색한다. 이때 여섯 공국 중 한 곳의 대공이 된 플리니 박사는 레푸스 왕자에게 나라를 합치려면 대장장이 왕과 마법사 아리셀리스의 도움이 필요하다고 조언한다. 레푸스 대공은 플리니 대공의 조언과 조력 아래 슈타이어의 세 용사와 함께 왕국을 재건하고자 대장장이 신전으로 시선을 돌리게 된다.

마법사 왕국의 왕 라토는 1편에서 대장장이 왕을 구한 후 기력이 쇠한다. 아리셀리스로부터 라토가 대장장이 왕 에이어리를 다시 만나 그 힘을 되찾아야 건강을 회복할 수 있다는 정보를 듣게 된 루비 카르멘은 그 비밀을 누구에게도 말하지 않고 대장장이 신전을 향해 떠난다. 나라를 재건하기 위해 대장장이 왕의 힘이 필요한 스타인 왕국과 왕이 건강을 회복하기 위해서 에이어리를 만나야 하는 마법사 왕국 사람들의 대장장이 신전을 향한 여정은 3편에서 계속될 것이다.

에이어리가 걷는 순례의 길

열여섯의 성년이 된 에이어리는 오카브와 가르젠에게 편지를 남긴 후 그의 시종이자 친구인 데스커드와 함께 길을 떠난다. 그 길에서 이들은 우연히 대장장이 신의 계시를 기다리며 황제의 박해를 피해 '죄 많은 땅에서 떠나 진리의 땅'을 찾은 열성 신자들을 만나게 된다. 그들은 우습게도 신에게 가장 큰 권능을 받은 대장장이 왕조차 들은 적 없는 신의 음성을 듣는 가 하면 선대 대장장이 왕이 만든 일종의 장난감에 불과한 탑을 신이 대장장이 왕에게 만들라고 명한 하늘과 땅을 연결하는 기둥이라 여기며 성물로 다룬다. 에이어리가 이들이 성물로 여기는 탑을 허물고 다시 짓는 사건은 신을 헛되이 추종하는 인간의 어리석음에 대한 풍자이며, 신과 인간의 진정한 소통을 성찰하게 돕는다.

한편 여행 중에 다리를 다친 에이어리는 2편에 새롭게 등장한 건강하고 젊은 여성 투란이 사는 마을에 머물다 결국 환상 공간으로 이동하여 6대 대장장이 왕 디하우트와 친구였던 용을 만나게 된다. 크룽흥다르흐라 불리는 용은 에이어리에게 자신과 만난 것은 결코 우연이 아니라고 말한다. 그러니 2편은 에이어리가 용 크룽흥다르흐를 만나기까지의 여정과 그 결과 에이어리에게 벌어지는 사건이 핵심이다. 판타지는 언제나 누군가의 '성장'을 다루는데 이 작품에서 그 역할은 아무래도 에이어리에게 주어진 것 같다. 에이어리가 대장장이 왕이 된 것은 출발에 불과했다. 에이어리의 길은 통과의례의 길이며 험난한 성장의 길이다. 길 위의 우연은 인연으로 예비

되어 있다는 의미에서 이번 여정은 신의 섭리를 깨닫는 길, 순례의 길이다.

그리고 마침내 이 길에서 에이어리는 6대 대장장이 왕 디하우트가 '용의 언어'를 바탕으로 정보와 감정과 그 밖의 모든 것을 담아 만든 대장장이 신의 문자를 개량하여 32대 대장장이 왕 에이어리를 위해 예비해 둔 새로운 문자를 획득한다. 그 문자를 얻기 위해서는 동굴로 들어가야 하지만 에이어리는 처음에는 동굴에 접근조차 하지 못한다. 판타지에서 기존 공간에서 새로운 공간으로 들어가기 위해서는 언제나 '망설임' 과 '용기'가 필요하다. 이 작품은 무엇이 그 용기를 잃게 만들고, 무엇이 망설이면서도 힘을 내게 만드는지 아름답게 보여주며 독자에게 감동을 선사한다.

에이어리가 새로운 문자를 획득하는 것은 어떤 의미일까? 테드 창의 SF 단편 「네 인생의 이야기」에서 주인공 루이즈는 외계인의 언어인 헵타포드어를 배우는 순간 인생을 새롭게 보는 법을 알게 된다. 새로운 문자는 이전과 다르게 보는 능력이며 특히 이 작품에서 새로운 문자를 획득하는 것은 생각하는 이성의 힘을 넘어 감성의 힘까지 얻는 것이다. 즉 이제 에이어리는 새로운 에이어리가 된 것이다.

자신의 길에서 벗어난 사람들

에이어리의 길이 신의 섭리를 따르는 순례라면 2편에는 운명처럼 자신의 길에서 벗어난 새로운 인물들이 등장한다. 가족 폭력을 겪으면서도 가족을 위해 오카브를 납치했던 다사는 오카브와 동행하며 비로소 자신의 과거를 돌아본다. 자신을 이용하는 가족의 인정을 얻고 싶었던 가련한 인물 다사와 오카브의 운명적인 만남이 어떤 인연으로 발전할지 궁금하다. 또 다른 인물 모제스는 스타인 왕국 내의 갈색 마을에서 방외인처럼 자랐으나 용맹한 힘으로 마을의 우두머리가 되고 스타인의 흥망성쇠에 따라 현재 플리니 공국에서 슈타이너의 용사가 된 인물이다. 자신의 고향에서 정치적 부침에 휘말려 플리니 공국으로 망명한 후 레푸스가 꿈꾸는 왕국 재건에 동참하게 되는 모제스는 이번 편에서 가장 인상적인 인물 중 하나다. 투란 역시 2편에서 새롭게 등장한 매력 있는 여성 인물이다. 건강하고 강인한 투란은 자신의 마을에서 기를 펴지 못하고 살았으나 데스커드와 좋아하는 사이가 되어 결국 에이어리의 여정에 함께 한다.

2편 해설에서 언급하지 못한 중요한 인물은 아리셸리스다. 그는 1편에서 기대를 모았지만 이번에는 단 한 장면에 등장한다. 그는 집에 머무는 것도 길을 떠난 것도 아니며, 이번 편에서는 아예 이야기의 외부에 머문다. 그는 이야기 세계에 들어오는 것을 경계하고 본격적인 개입을 자제하며 은신하고 있다. 그것은 그가 겸손해서도 무언가를 두려워해서도 아니다. 아리셸리스는 자신이 힘을 가지고 있음을 알기에 그 힘이 이야기 세계에서 어떻게 쓰여야 할지 고민하고 있다. 그가 자신의 길을 걷기 시작할 때 이야기는 차원이 다르게 확장될 것이다. 그러므로 계속 이어질 다음 편에서 내가 가장 기다리는 인물은 단연 아리셸리스다.

대장장이 왕 2

에이어리가 깨달음을 얻어 디하우트의 유산에 접근한다

초판 1쇄 인쇄 2022년 12월 23일
초판 1쇄 발행 2023년 1월 11일

지은이 허교범
펴낸이 이승현

출판3 본부장 최순영
어린이 문학 팀장 박현숙
편집 김민정
키즈 디자인 팀장 이수현
디자인 진예리

펴낸곳 (주)위즈덤하우스
출판등록 2000년 5월 23일 제13-1071호
주소 서울특별시 마포구 양화로 19 합정오피스빌딩 17층
전화 02) 2179-5600   **내용문의** 02) 2179-5707
홈페이지 www.wisdomhouse.co.kr